L'ARTE DI CONVITARE

GIOVANNI RAJBERTI

Texte et illustration de couverture : © domaine public
Edition : Culturea (Hérault, 34)
Contact : infos@culturea.fr
Retrouvez notre catalogue sur http://culturea.fr
Imprimé en Allemagne par Books on Demand
Design typographique : Derek Murphy
Layout : Reedsy (https://reedsy.com/)

Dépôt légal : janvier 2023
Tous droits réservés pour tous pays

ISBN : 9791041841516

PARTE PRIMA

AI MEDICI ITALIANI

Giovanni Rajberti, detto ai suoi tempi il «medico poeta», nacque il 18 aprile 1805 a Milano e fu Direttore dell'Ospedale civico di Monza, ove era anche Chirurgo primario; successivamente si trasferì a Como, Direttore di quell'Ospedale, ma dopo poco ritornò a Monza, ove morì l'11 dicembre 1861.

La fama del Rajberti è dovuta al suo spirito sano ed alla originalità dei suoi scritti ancor oggi giudicati esempi pregevoli di gustoso e onesto umorismo italiano.

Le opere che soprattutto distinguono l'attività letteraria del Rajberti sono L'Arte di Convitare (che a suo tempo l'Autore pubblicò divisa in due volumi), Il Gatto ed Il viaggio di un ignorante. Questi i lavori più notevoli del Nostro, ma altri Egli ne scrisse che meriterebbero di essere ripubblicati.

Intanto profittando della iniziativa presa da una casa editrice milanese, che intende ristampare l'edizione delle principali opere del Rajberti, la «Farmaceutici Italia» si è assicurato un certo numero di esemplari dei due volumi de L'Arte di Convitare, per offrirli ai Medici italiani durante l'anno 1937.

Se la classe medica mostrerà di gradire il nostro pensiero, speriamo di poter continuare in futuro l'invio delle altre opere man mano che l'editore le andrà pubblicando.

Nel dilagare di circolari, pieghevoli e prospetti che vengono inviati ai Medici italiani, la «Farmaceutici Italia» vuole, con questo nuovo omaggio, continuare quella forma di propaganda di eccezione già iniziata nel 1936 con l'invio delle tavole «Le quattro stagioni».

S. A. FARMACEUTICI ITALIA

PREFAZIONE

Pensando fra me stesso a quale categoria di libri appartenga questo mio, giacchè sarebbe troppo pretendere che faccia classe da sè, trovo che si può chiamarlo un frammento o una fetta di Galateo. Difatti, che cosa è un Galateo? all'ingrosso, l'arte di stare col prossimo il meno male per sè e per gli altri, ossia l'arte di vivere in società. Ma, delle ventiquattro ore del giorno, tra quelle che si voltano via dormendo, e quelle altre che si passano in qualsiasi modo isolati, più della metà, grazie al cielo, si sottraggono alla pedantesca tirannide del Galateo. Delle rimanenti un pajo, e le più gradite, che si consumano a tavola, prendo a governarle io col presente trattato.

Da ciò vorrei inferire che con quattro o cinque altri libri come questo avrò dato al mondo la scienza di tutta la vita, e la mia missione sarà giunta al suo fine. Si vorrà opporrmi di primo colpo che di Galatei ve ne sono già due, e famosi; quello del Casa e quello del Gioja. E invero, se fossero due opere corrispondenti alla loro fama, ve ne sarebbe già una d'avanzo: eppure ne abbisogna ancora una terza, perchè la prima non si legge più, e non si può più leggere la seconda. Non si legge la prima per essere una cosuccia magrina, mingherlina, da fanciullini, un vero abecedario della creanza; oltre di che è scritta in una lingua e in uno stile che, quantunque facciano sdilinquire di tenerezza gli intelligenti, oggidì non sarebbero da augurarsi a nessuno; perchè, a dirla fra noi ignoranti, contengono il secreto di addormentare alla prima pagina, meglio del più destro magnetizzatore.

Quanto al Gioja, il suo libro è così poco italiano, il suo porgere così fiacco, stracco e bislacco, sono scelte così male le sue citazioni, e i suoi mille aneddotini così insignificanti, e così abbondante quella sua aritmetica ficcata negli affari di sentimento, che, a leggerlo tutto è un lungo supplizio, per non dire una fortissima impresa, come a salire l'ultima vetta del Monte Bianco.

Però non crediate che io neghi il mio rispetto a una celebrità ancora calda, o non ancora raffreddita abbastanza: oh, mai! Il Gioja, costituitosi in ragioniere di tutte le scienze, fa loro i conti con una precisione, che non gli scappa mai la miseria di un quattrino: e può chiamarsi l'antesignano o quasi il padre di quella gloriosa plejade di filosofoni e di filosofini che posero tutto lo scibile e tutto lo imaginabile sotto al dominio dell'abbachino, riducendo a calcolo esattissimo ogni cosa che sia anche futile o assurda a calcolarsi. Per esempio, non basta loro di sapere quante oche, fino all'ultima, la Lombardia mangi in dicembre: ma sanno quante volte quelle oche agitarono orizzontalmente la coda, quasi insultandoci e dicendo: Siete fritti! e quante penne portava ogni coda, e quanti filamenti ogni penna. Sanno il numero dei cavalli, degli asini e dei muli di ciascuna parte dell'Impero, nè un'orecchia di più nè una gamba di meno: e che la tale provincia conta muli cinque! e se dopo varii anni sono diventati sei o quattro, è perchè ne sarà nato uno o morto un altro, o alcuno compromesso sarà fuggito in Isvizzera. Essi vi diranno, colla gravità di chi avesse scoperto la bussola o la locomo-trice a vapore, quante libbre e quante oncie di marmo di Carrara entrino nello studio d'uno statuario in un decennio: con che si pesa fino all'ultimo grano tutto il genio dell'artista. Vi diranno quante mi-gliaja di miglia quadrate si coprirebbero di carta, se tutti i fogli di tutti i libri della maggior biblioteca di Parigi si distendessero per terra, uno vicino all'altro: e voi subito esclamate: Oh che sterminata bi-blioteca! Volete sapere quante bestemmie dica in un giorno chi spasima di un dente guasto? o quante occhiate torbide lanci in un anno sulle rivali una donna di classica gelosia? o quante occhiatine sen-timentali volga in un secolo alla luna una fanciulla di romantica languidezza? dimandatelo a loro, che tutte queste cose le sanno di certo. Oh scienza della statistica, salvezza e gloria del secolo decimo-nono! Insomma, con due ore di preavviso, e col solo breviario sotto agli occhi, sarebbero capaci di dirvi quanti versetti, quante parole, quante sillabe e quante lettere si contengano nel cantico Laudate pueri

4

Dominum. Amici, verso la fine del primo pranzo che darete, vi raccomando di fare un brindisi alla statistica, e poi un altro alle academie della statistica, e poi ancora un terzo alla statistica delle academie.

Ma ogni troppo è troppo; e di statistica o di aritmetica il Gioja in quel Galateo ne versa troppo: e sì che i temi di gentilezza e di affetto sotto alla pressione dei numeri e alle indagini del calcolo si impiccoliscono, si rincantucciano, e finiscono a dileguarsi affatto come fa il diavolo sotto all'aspersorio dell'esorcista. L'opera è divisa in molti libri, ogni libro in molti articoli, ogni articolo in molti capi, ogni capo in moltissimi paragrafi; e ognuno di questi ha la sua filza di argomenti I, II, III, IV, V, VI, ecc., e ognuno di questi numeri romani ha la sua processione subalterna di numeri arabici 1, 2, 3, 4, 5, 6, ecc., e ognuno di questi si sminuzza in a) b) c) d) e) f) g) ecc., e talvolta ognuna di queste lettere è tonda e majuscoletta per aver campo di tirarsi appresso il suo strascico di lettere corsive e minuscole. Cose da mandare in visibilio cinquanta archivisti, cento controllori, e per giunta tutto un dicastero di contabilità. Oh che cervello pieno di scatoline aveva quel Gioja sotto alla scatola del cervello! E quelle scatoline racchiudono altre scatoline, e queste ne capiscono altre più piccole ancora, e così via via fino al microscopico. Sono infinite, ma distinte per serie, sezioni e sotto-sezioni, che almeno non c'è molto da fare a ordinarle per un inventario. C'è la serie che contiene gli esempii storici, e poi quella dei fattarelli lepidi e non abbastanza storici, tutta mercanzia ammuffita, polverosa, da museo, e che a perizia complessiva da rigattiere non si stimerebbe cinque soldi. V'è la serie delle scatoline che racchiudono le citazioni in versi: oh che formicaio! dove diamine è andato a pescare tanti versi cattivi! Meno alcuni pochi di Parini o d'altri valenti che gli forzano la mano, non si sa capire come un uomo possa non che leggere, copiare e mettere in serbo per le occorrenze, tante povere inezie. Lo spargere quà e là per la prosa alcuni versi fa buon effetto, quando rendono l'idea dell'autore con una formola ardita, calzante, efficace, che s'impronta nella memoria: ma quando la poesia è peggiore della vostra prosa, non ispezzate le righe, e trascinatele innanzi del vostro, senza rime e senza piedi: perchè la più meschina prosa del mondo riesce uno zucchero in confronto ai versi ladri. E poi con quella enorme congerie di precetti che invadono tutto e monotonizzano tutto, tende a sopprimere ogni individualità di carattere. E poi col continuo lodare ogni uso d'altre nazioni, vorrebbe farci perdere anche la fisonomia d'Italiani. E poi non ha mai un movimento di bile per le vigliaccherie e le infamie. E poi tante volte consiglia le virtù per sole ragioni indegne, come la modestia e la ritenutezza alle donne, perchè così otterranno di farsi meglio desiderare; sul quale proposito ha una mezza pagina d'una incredibile luridezza. E molte altre cose grosse sarebbero a dirsi, che tralascio a risparmio di noja. Insomma, come repertorio copioso e raccolto con fatica, può avere il suo valore, massime per chi volesse trarne materiali per un buon Galateo che manca ancora: ma come libro, specialmente ad uso della gioventù, non esito a dichiararlo meschino e cattivo perchè, mentre per l'indole sua doveva essere fatto colla testa e col cuore, e sulla base di buoni e solidi principii, non ci si trova che la schiena e lo scetticismo e l'indifferenza. Perciò non consiglierei una madre saggia a darlo da studiare alle proprie figliuole, che hanno bisogno di tutt'altro pascolo intellettuale e morale.

Sarei dolentissimo che gli amici e i corrispondenti della ditta Melchiorre Gioja e Figli montassero sulle furie contro di me: ma in fine che potrebbe accadere? sentirmi a dare per le stampe del petulante e dell'ignorante. Poco male, massime in istato di assedio: a quelle conclusioni ci sono avvezzo da tanto tempo, che è lo stesso come a darmi dell'illustrissimo. Anzi, se avranno la pazienza di ripetermele ancora, chi sa mai che una volta o l'altra non finisca anch'io, con qualche riserva, a convenire un poco nel loro parere? Intanto ho creduto che questa tirata fosse molto opportuna, e ora è fatta, e mi sembra un debito saldato. Se avrò vita ne salderò alcuni altri.

Ma io sono qui per lodare il mio libro, che è lo scopo delle prefazioni, e comincio dal biasimare i libri altrui. Che volete? quasi tutti gli autori fanno così: solamente ci mettono minore sincerità, e furberia maggiore. È come quando si ricorre ad un impiego: che, se non sulla carta, almeno all'orecchio delle persone influenti, o per un verso o per l'altro, c'ingegniamo a far capire che tutti i competitori sono asini o birboni, e che nessuno di loro è adattato per quel posto, e che noi soli siamo degni di mangiare quel salario. A ogni modo, la vera prefazione incomincia adesso, e il già scritto, se non vi piace, laceratelo pur via qual ciarla inconcludente.

Come sia nato in me il pensiero di questo libro non saprei dirlo in coscienza, perchè non me ne ricordo più. Era in parte già fatto assai prima dei trambusti che fecero dimenticare tante inutili cose. Ora, da alcuni mesi ripigliai la penna, e di mano in mano che l'argomento mi dettava pagine una più matta dell'altra, il cuore mi diceva con forza sempre crescente, che io mi allontanava troppo dalle esigenze dei tempi, e che adesso il publico non si mena più a spasso con delle parole (che sciocco d'un cuore!), e che la gente non ha più voglia di ridere. E io gli rispondeva: «Taci, bestia, che i muscoli del riso non sono scomparsi dalle faccie degli uomini, e siccome gli uomini usano delle loro facoltà finchè possono, così in questo mondo si riderà sempre, per quanto gli affari vadano alla peggio: e meno c'è da ridere sulle cose grandi, più si ha bisogno di rivolgersi alle cose piccole per occuparsene piacevolmente, e assopire, almeno per intervalli, il dolore dei fiaschi grossi.» Ma su questa objezione del ridere, giacchè me la fanno molti, ho inventato un dilemma che mi pare d'una forza da levarvi il respiro: perciò vi consiglio di non affrontarlo. O avete la volontà di ridere, o no. Se l'avete, benone! eccomi a servirvi, il mio libro è fatto a posta per questo. Se poi non l'avete, meglio ancora! è proprio il mio caso, e mi ci provo di cuore e di puntiglio, perchè abbisognerà niente meno di tutta la mia virtù a farvi ridere per forza: ben inteso che, se ha da essere una sfida, cominciate a leggere: altrimenti sareste come coloro che si turano gli orecchi per non sentire la verità.

Dunque, a far ridere la gente allegra e disposta, ogni inezia basta: i lazzi d'una scimia, i bisticci d'uno stenterello, l'aria invasata d'un poetino, i titoli academici di un cacciatore di diplomi, i cion-doli pendenti dall'abito d'un solenne minchione. È come quando uno corre alla spensierata, che ogni pugno appoggiatogli per di dietro lo manda lungo e disteso: ma a distendere per terra un atleta fermo e in guardia ci vuole M. Roux. Così per mettere in buon umore le persone ingrugnite, e anche quelle ingrugnite per progetto, bisogna ricorrere al dottoraccio in Monza: perchè il nuovo ramo di scienza ortopedica applicata alla testa, che consiste nell'allargare le faccie lunghe, nessun chirurgo la possiede come lui: il quale, per parentesi, m'incarica di annunziarvi che del ridere egli ne tiene ai vostri comandi una provigione inesauribile. Tutto sta a voler farne acquisto all'ingrosso: che, aver legna da vendere a cataste, e doverla dar via a oncie, e tagliuzzata in zolfanelli e stecchi, è una cosa da languire d'inedia. Un mese fa mi capita in casa un amico. «Ho sentito che vuoi publicare un opuscolo; quanto costerà? — Non è tanto un opuscolo, giacchè probabilmente si tratterà di un tallero; prepara il tuo. — Un tallero! mio caro, tu sei leso nel nomine patris, e una idea così matta non me la sarei aspettata. Una lira, o due al più, pazienza; ma un tallero è una utopia in questi tempi, massime per un libro da ridere. — E dalli con questo ridere! è appunto per ciò che lo voglio mettere a un tallero: se fosse da piangere, lo darei per meno della metà, e ancora me lo lascerebbero tutto per me, chè delle lagrime ne piovono già abbastanza. — No, no; ti replico sul serio che la cosa non può andare: credi tu che adesso il fare denari con carta sia impresa da privati, quando non siano banchieri o agiotatori? noi vedremo piuttosto a diventar carta tutto il denaro. — Ebbene, quand'è così, a costo di una grave truffa a me stesso, metterò il libro a cinque lire. — Ma siamo lontani ancora che diamine! non fosti mai avvezzo a rubare più di tre lire nei tempi dell'abbondanza e delle letture oziose, e ora che ribassano tutti i generi, hai da salire in prezzo tu solo? — Oh, insomma, di calcoli interessati io non me ne intendo, e li detesto; e per la patria mi sento capace di qualunque sacrifizio. Perciò, sai cosa penso di fare? dividerò l'opera in due parti, ciascuna delle quali al prezzo di un solo fiorino, e coll'immenso vantaggio di un lungo respiro tra i due versamenti. Il primo fiorino è la moneta che si spende per andare ad annojarsi alcune ore in un teatro, e non portar via nulla: che qui almeno si paga per uno e, alla peggio, si può annojarsi in molti; e poi qualche cosa resta nelle mani, un libro servibile a cento usi famigliari. Quanto al secondo fiorino, chi è quel disperato che non possa disporsi alla scadenza di una sì piccola cambiale dietro il preavviso di quattro mesi? E nota bene che io farò lucrare ai miei avventori un'usura strepitosa, inaudita; perchè il mio libro inspira il gusto del convitare, e inculca la frequenza degli inviti. Quindi una sola volta che t'invitino a pranzo per opera mia, ecco guadagnato il mio fiorino, cioè il secondo de' tuoi fiorini che diventerà mio. Hai capito bene? ogni giorno che tu impresterai via la pancia in virtù del mio libro, avrai l'interesse depurato e nitido del cento per cento. Ma, anche senza di ciò, ritieni che a più buon mercato di così non potrei farla, e che mi sembra già di dare uno scandalo grave. Ascolta. L'opera contiene molte vedute scientifiche affatto nuove, che sono vere ed effettive scoperte; ebbene, le do tutte gratuitamente, perchè i lumi non si pagano, essendo superiori a qualunque prezzo. L'opera è piena di filosofia; la do gratis anche questa, giacchè i filosofi raccomandano il disprezzo del denaro. Di morale poi ce n'è un profluvio, anzi il libro vi nuota dentro come un peperone nell'aceto; anche questa la regalo tutta, sentendomi incapace di mettere una tassa sui consigli saggi e virtuosi. Non parlo della erudizione storica, delle citazioni dei classici, dei testi latini, francesi, italiani, in prosa e in poesia. Chi ha sudato e vegliato tutta la vita alla conquista del sapere è trascinato dal cuore a farne generoso dono alla società. Infine, siccome non si può dare tutto per niente, altrimenti tutta quanta l'Italia vorrebbe il libro, e dovrei perderci qualche milione del mio; così mi limito, come prezzo del lavoro, a volere un quattrino per ogni epigramma, e due per ogni freddura, essendo il secondo genere assai più di moda che il primo. Non ti pare che sia la vera bancarotta dello spirito? Ma viviamo in un'epoca che fa bancarotta di tutto: bisogna dunque adattarci al destino universale.»

Questo dialogo vi svela, o lettori, la prima causa della divisione del libro in due parti, e dell'intervallo tra la publicazione dell'una e dell'altra. Ma poichè mi sento in vena di sincerità e di parlantina, ve ne confiderò una seconda non meno importante, perchè move da una opportunità di tempo, che occorre una sola volta nella vita d'uno scrittore, e non di tutti: sarebbe peccato a lasciar-mela fuggire di mano. Fra poche settimane finisce la prima metà del secolo, e subito dopo, senza la interruzione d'un minuto, comincia la seconda. Ed ecco che colla prima parte del mio lavoro giungo ancora in tempo di dare un addio al mezzo secolo che sta per piombare negli abissi del passato: e col-la parte seconda saluterò l'altro mezzo secolo appena che sarà entrato in azione. In questo modo parmi quasi di chiudere coll'opera mia un'epoca che finisce male, e aprirne un'altra che forse comin-cerà peggio. Parmi di mettere un'ipoteca sul secolo tutto, e di prenderne possesso; di bilanciarmi e dondolarmi sul suo centro: ovvero di salirgli in groppa, proprio a mezza schiena, come su di un ca-vallaccio spaventoso, e di frustarlo davanti e di dietro a tutto potere. Il più grande uomo dell'epoca nostra si assise arbitro fra due secoli (come scrisse il più grande lirico delle epoche tutte), e li fece ta-cere: ei fe' silenzio... ed io mi accontento di assidermi appena fra due mezzi secoli, e li lascio anche ciarlare. Delle quali imagini il sugo è questo: Intendo che l'opera mia appartenga egualmente alle due metà del secolo: perciò mando fuori il primo volumetto colle ultime rape del cinquanta e manderò fuori il secondo coi primi ravanelli del cinquantuno.

Giacchè mi è riescito di trascinarvi sulle idee grandiose, uditene ancora una, e così la prefazione sarà adattata al libro, a un dipresso come la stupenda sinfonia guerriera della Gazza ladra s'attaglia alla fiaba d'un uccello che nasconde i cucchiaj. Uno di questi giorni monta da me un tale, e mi prega di leggergli un poco del mio lavoro. Lo servo, e, durante la lettura, vedo occhiacci e visacci, e sento una filza di ah, di oh, di uh: ed io tranquillamente «Ih, capisco che non ti piace, eh? — Non dico questo, ma è un prodotto fuori di stagione, un anacronismo: però, sai? diventerebbe una cosa eccellente, facendola passare sotto all'aspetto d'una grande ironia.» Queste parole mi fecero irrompere nella fantasia un ordine di idee nuove, e mi sentii nel petto un vulcano. Passeggiando concitatamente innanzi indietro per il mio studio, come una belva feroce nella gabbia di ferro, gridai: «Sì, sì, deve essere in questo modo, anzi è: ecco il vero concetto: non aveva trovata l'espressione, ma il pensiero mi bolliva terribilmente nel cervello. Appunto; una grande, una crudele ironia, mifistofélica, satanica: il convulso e beffardo cachinno della disperazione che esce dall'averno! Dietro ad ogni pagina si travederà la faccia dell'autore con la bocca fino agli orecchi, con gli orecchi fino... insomma una figura da diavolo, che diabolicamente ride, e si fa scherno degli uomini e delle cose. Oh! che io fossi la personificazione di quell'immenso sghignazzamento, nel quale, al dire d'un poeta furibondo, dovrà dissolversi l'universo?» Ma questo sublime sonnambulismo durò appena qualche minuto; mi sentii subito troppo grosso e pesante per uno spirito degli abissi: e poi, riandando in mente l'opera mia per sommi capi onde giustificarne l'indole diabolica, trovai che certi elogi e certi entusiasmi basterebbero a smentirla, perchè sentono assai più di lardo e di cavoli che di resina o di zolfo o di altre sostanze infernali. Dunque a monte il gran concetto; e conclusi che se io commisi un anacronismo, non sarà certo di centinaja d'anni, come usano a pigliarne i dotti, senza che alcuno se ne scandalizzi, o nemmeno se ne accorga. In relazione al passato, il mio è un anacronismo di tre anni appena; e in relazione al futuro, speriamo che sia di molto meno: perchè insomma, dopo le ostinate pioggie appare il sole splendido, e dopo il crudo verno la stagione dei fiori, e dopo la carestia l'abbondanza. Queste vicende non mancano mai in natura: tutto sta ad attenderle pazientemente, perchè chi dispera ha una bella illusione di meno e un brutto male di più. Cari amici, quante altre cose interessanti e consolantissime avrei a dirvi! ma penso che per un fiorino ne ho dette d'avanzo.

Però me ne resta una di troppo rilievo per dimenticarla. Sappiate che quest'opera mia non è postuma, ossia pubblicata per cura de' miei eredi inconsolabili; ma che sono proprio io in corpo e anima a dirigerne la stampa. Dico questo, perchè avendo fatto una malattia nell'autunno del 1848, si sparse la notizia della mia morte, e furono scritte varie lettere di condoglianza alla mia povera vedova; e nessuno pensò di scrivere direttamente a me, che in qualità di medico avrei saputo dir loro il nome greco del morbo che mi rapì di vita.

Dunque, tutti coloro che mi compassionarono defunto li ringrazio e delle tante volte che mi avranno detto povero diavolo, è crepato anche lui! e dei suffragi che m'avranno fatto correre appresso dalla parte di là: i quali li ho impiegati tutti già da due anni alla cassa di risparmio dell'altro mondo, affinchè cogli interessi semplici e composti abbiano a moltiplicarsi in un capitale ricchissimo per quando verrà davvero l'ora del mio rendiconto. Ma intanto voi, amici lontani, cominciate a rendere conto a me del come abbiate potuto credere alla mia morte per più d'una settimana. L'eloquente silenzio di tutti i giornali non vi fece sospettare che quella notizia fosse un poco inesatta? Dunque pensaste che nel secolo delle necrologie per tutti, io solo non meritassi la mia! E in questo caso, perchè l'amicizia non mi venne in ajuto, inventandomi talenti e virtù, e abborracciandomi un poco di piagnisteo per le gazzette? l'avrei tanto gustata la mia paginetta necrologica, sormontata da una piccola urna, e con un modesto N. N. ai piedi. Basta, vi perdono perchè sono vivo; morto, non lo potrei. Però, vi prego ad ajutarmi almeno adesso a distruggere dappertutto quella credenza, giacchè sussiste tutt'ora in qualche luogo. In un opuscolo di autore anonimo, pubblicato a Torino quest'anno, la mia morte è brevemente compianta, e, per quanto io sappia, fu l'unico annuncio officiale del fatto, benchè un po' tardivo. Che più? nel borgo di Soncino, che non è poi agli antipodi, in questo corrente novembre fu fatta una scommessa di quattro bottiglie di Sciampagna sul punto se io sia vivo o morto: anzi vi soggiungerò che la scommessa fu vinta da quello che mi sosteneva vivo. E so che ne ebbe molto piacere, e ne provo moltissimo anch'io, perchè nelle scommesse altrui è troppo difficile mantenersi imparziali. Ma, e l'altro che, conoscendomi appena di nome, ha perduto e pagato in grazia mia? Io mi metto un istante nei di lui panni, e sarei pronto a scommettere una bottiglia anch'io, che il mio rivivere dopo una morte avvenuta da due anni e più, deve essergli riuscito abbastanza strano, inopportuno e molesto.

Dunque concluderò con una sentenza morale, e passatemela per buona, giacchè sapete che la do gratuitamente. Regolatevi secondo la coscienza vi detta nel parlare, nell'agire, nello scrivere, senza troppo preoccuparvi delle altrui simpatie: perchè fino nel fatto semplicissimo del morire o del campare, che non dipende dal nostro arbitrio, è impossibile incontrare il genio di tutti.

POSCRITTO. Avrei da fare una piccola lista di errata-corrige: per esempio alla pagina 110, linea 1, sarà meglio leggere sincerità che verità. Alla pagina 121, linee 20 e 21 in cambio di calpesta e passargli leggasi calpestano e passare. Alla pagina 102, linea 2, in luogo di anche in questi tempi di libertà sarebbe forse più naturale il dire specialmente in tempo di assedio: una piccola differenza!

Ma a monte tutti gli scrupoli di lingua, di grammatica, e anche di senso comune: che, a sottilizzare in siffatte inezie, bisognerebbe forse cambiare tutto il libro.

L'importante è che l'amico Giorgio (col quale farete conoscenza) è in collera meco, non già per averlo criticato e tribolato durante il pranzo, dalla prima fetta di salame fino all'ultimo sorso di caffè; anzi di ciò mi ringrazia; ma perchè, ripetendo una sua descrizione, ho dimenticato alla pagina 133, linea 6, le parole un poco di salsa di pomi d'oro. Di questa omissione capitale è inconsolabile, come se gli avessi stampato un sonetto senza l'ultima terzina. Ma giacchè quella salsa non può più mettersi a quel posto, prego i lettori a farla mettere almeno nella pentola quando vorranno mangiare una minestra di quel genere veramente perfetta.

25 novembre 1850.

CAPITOLO PRIMO

Convier quelqu'un, c'est se charger de son bonheur pendant tout le temps qu'il est sous notre toit.
Brillat-Savarin

Lungi, o profani! via di quà amatori degli artifizii retorici e dell'eloquenza tirata giù dalle nuvole: chè questa volta io parlo al caro popolo: e perciò entro a dirittura, senza esordio, nelle viscere del mio tema e incomincio.

A chi volesse sapere prima di tutto che cosa io intenda per popolo, dico, a scanso di astruse e complicate definizioni, che intendo il ceto medio: giacchè il ceto basso si usa e si osa ancora chiamarlo plebaglia o popolaccio. Io che amo poco i peggiorativi, non mi occupo di questa classe, anche per non rubare la clientela agli ultra-democratici, che si sono messi alla mirabile impresa di farne col tempo la più eletta porzione della società. Oltre di che sarebbe stravaganza ragionar di conviti a gente la quale, non che essere incapace di dar pranzi, ha un bel da fare a cavarsi la fame quotidiana.

Eppure potrebbe accadere che, mentre il mio libro non si indirizza a costoro, molti di costoro si indirizzassero al mio libro, tratti, non fosse altro, dall'immensa bellezza dell'argomento. Se ciò avvenisse, vada in compenso dei tanti libri che si compongono a benefizio universale, e che sono schivati da tutto il mondo. Dunque, se anche la marmaglia vuol leggere, si serva. Sarà come quando si passa per via presso a una cucina da signori, d'onde emani un soave odore di squisite vivande, che si resta là sui due piedi per qualche istante a deliziarsi almeno colla imaginazione e col naso. Aggiugnete che siffatta lettura potrebbe essere un fausto preludio, quasi un preparamento a un più lieto avvenire. In questo mondo non si sa mai che cosa possa nascere: un'eredità inattesa, un terno al lotto, dei grassi negozii, qualche bricconeria lucrosa, che so io? insomma, non è raro il caso che uno passi dalla categoria degli affamati all'altra tanto rispettabile e filantropica di quei che mangiano bene e fanno mangiare. Ed ecco che a buon conto sarà prudente consiglio di far precedere la teoria alla pratica, per non trovarsi poi imbarcati su di un pelago affatto sconosciuto. La speranza è il dolce conforto di tut-ta la vita: e il proverbio che la sa lunga, ci dice netto e preciso: Impara l'arte e mettila da parte.

Il mio discorso poi non s'attaglia per nulla al ceto alto. Grandi e potenti della terra, ricchi nati, aristocratici, gente di puro sangue, anche di mezzo sangue, anche di nessun sangue, ma distinti per modi e abitudini signorili, come se aveste un sangue, voi non avete bisogno del mio libro: anzi, il mio libro avrà sommo bisogno di voi: poichè sarà dai vostri esempii che io trarrò i più sani e indeclinabili precetti di un'arte che in voi è natura. Perciò voi sarete le mie fonti di erudizione, i miei testi venerati, i miei classici autori: vos exemplaria græca. Se dunque per ozio o passatempo vorrete abbassare un occhio benigno su questo mio trattatello elementare, abbiate bene per inteso che non avrete nulla da apprendere; bensì rileverete la vera distanza che vi separa dal resto dei mortali. Fors'anche troverete buono che fra tante norme di eleganza e di squisito vivere, io abbia scelto quella parte sola che si adatta alla commune intelligenza. Fors'anche taluno di voi si degnerà giovarmi di consigli preziosi per la riproduzione dell'opera mia.

Ma, replico, io parlo precisamente al popolo, cioè alla classe di mezzana fortuna (aurea mediocrità), e sopratutto di non troppo schizzinosa educazione (gente alla buona), piena di gentilezza e cordialità, ma bisognosa d'essere iniziata a certi raffinamenti che l'epoca nostra esige con sempre crescente imperiosità nel tanto facile accommunarsi di tutti i ceti. E quì mi corre l'obbligo d'una speciale avvertenza a fine d'impedire grossolane illusioni: che cioè non abbiano a credersi al di sopra del mio popolo alcuni di fortuna assai più che mediocre, ma ricchi di recente data, che per mancanza di uso o di naturali disposizioni si trovano inesperti e imbarazzati nell'esercizio del loro nuovo mestiere. Contro a costoro la bassa invidia cova rancori implacabili, e n'ha ben d'onde, la poveretta. Ora, non è raro il caso che la maldicenza osi colpirli di scherno perfino nell'atto di allontanarsi collo stecco in bocca dalle loro laute mense. Oh ingratitudine umana! Ma a far tacere d'ora in avanti le male lingue ci penso io, insegnandovi a dar da pranzo in modo da ridurle al silenzio. Nel quale scopo mi pare che ci sia della morale assai; giacchè, guai al libro moderno che non sia tutto unto di moralità, come è unta d'olio un'insalata, o come.... Quasi mi dimenticava che non devo fare l'esordio: sono però a tempo a troncarlo. Entriamo in materia, e attenti bene.

Oh, il meglio mi scordava, come dicea quella buona lana di Figaro. Avverto che rigetto come frivola e insussistente qualunque taccia di allusione individuale. Scendo con mio non poco fastidio a siffatta protesta, perchè così vuole miseria di tempi e di luoghi. Molti troveranno che io descrivo quanto accade in casa loro: ma appunto io descrivo ciò che accade in casa di gente infinita. Se un romanziere narra i palpiti, i terrori, le speranze, le veglie di una ragazza innamorata, credereste mai possibile che un migliajo di amabili signorine lo accusassero di aver sorpresi e svelati i loro secreti? Ma alcuni vorrebbero sapere almeno (giacchè la questione va a ridursi fino a questo punto) se quando l'autore scriveva pensava a loro. Miei cari, dimandate all'ape qual sia precisamente il fiore che gli fe' generare l'ultima stilla di miele. Fu un fiore del prato, e i fiori per generi e specie si rassomigliano tutti. Perciò, Gaspare, Bertoldo, Zaccaria, sareste matti a credere che io abbia voluto parlare di voi: io parlo degli usi del popolo; quindi, senza volerlo, degli usi vostri, perchè siete del popolo, e compite la vostra missione providenziale a fare da popolo. Sono del popolo anch'io, e me ne vanto: se non che voi, dando pranzi in casa vostra appartenete, per così dire, al popolo sovrano; mentre io sono di quel popolo suddito che va a pranzare in casa altrui. Questo però mi accadeva una volta: dopo l'esilio e la consunzione, io non pranzo più da nessuno; e se vi sembrasse che lungo il mio discorso io cadessi in qualche contraddizione, mettendomi, per esempio, a tavola a cioncare allegramente con voi; per carità non credetemi: sarà tutta finzione poetica per dare naturalezza ed evidenza alle mie lezioni; ma voi ritenete per inconcusso quanto ora vi annunzio: che cioè io non pranzo mai, assolutamente mai, da nessuno. E ciò sia detto per convincervi sempre più dell'impossibilità di allusioni a chichessia. Io lavoro a reminiscenze lontane e confuse; sopra tipi che nessuno conosce, che non conosco più nemmen io, che forse non esistono più. Scrivo ancora riferibilmente a Milano, dove ho fatto i miei studii pratici; secondo le idee vigenti in Milano; come se fossi ancora in Milano, a quei tempi (o tempora!) quando, prediletto figlio della patria, mi trovava spesso ipotecato per una gran sequela di pranzi, a guisa di una bella fanciulla che ha già impegnati una settimana prima tutti i valzer d'una festa da ballo. Allora i conviti o sontuosi o cordiali, e allegri sempre, mi mettevano indosso una tale vivacità che, se credo ai critici più sottili, i miei versi e le mie prose sentivano perfino un po' del satirico. Ora l'ostracismo, i digiuni e l'aqua fontis mi hanno domato di una tal maniera, sono divenuto così prudente, meticoloso, rispettoso anche per le persone indegne di rispetto che, a dirvela in confidenza, fo compassione a me stesso. Ma, replico per la terza e ultima volta, veniamo all'arte di convitare.

Per la storia dei conviti vi rimetto ai molti autori che trattarono questa specialità. Il raccontarvela quì anche in compendio ci menerebbe troppo per le lunghe, e sarebbe inutile allo scopo pratico. Però, un cenno brevissimo, altamente filosofico, a viste grandiose, complesse, sintetiche, ve lo diedi anch'io quando provai che dalla cucina ebbero vita tutte le scienze, tutte le arti, tutte le cose buone e belle di questo mondo. Ora soggiungo che il pranzar bene non basta, ma bisogna pranzare in buona compagnia, perchè ciò produce il piacere morale, e raddoppia il piacere fisico, rendendoci capaci di mangiare il doppio del solito. Chiamo in testimonio di questa verità tutti i miei lettori, eccettuati però quelli che vanno via a pranzo tutto l'anno: perchè il mangiar sempre il doppio del solito è un po' difficile a ottenersi. Ma come si fa a pranzare in buona società? Io, rifiutando l'idea della venale osteria, non vedo che due modi: o andare a cercarla in casa altrui, o attirarla in casa propria. Per il primo caso abbisognerebbe un trattato sull'arte di farsi convitare, su di che forse discorreremo un'altra volta; per ora amo meglio trattenervi del secondo caso, che sotto varii rapporti facilita anche il primo, e quasi lo include. Dunque, quando alcuno di voi ha deciso di dare un pranzo, e fissato il giorno, che cosa ha da fare? scegliere i commensali e poi invitarli. Mi riesce comodo invertire l'ordine delle idee, parlando subito dell'atto d'invitare, e poscia delle persone da invitarsi.

Il modo più volgarmente adoperato tra noi per invitare uno a pranzo, si è di pregarlo a venire il tal giorno a far penitenza. Questa formola è brutta, disgustosa, e mi ricordo che quando l'udiva fin dalla prima puerizia, mi suonava istintivamente antipatica. Ora, notate che le antipatie anche le più istantanee e non ancora ragionate, non sono altro che il rapido e confuso senso di quelle ragioni che pur sussistono, e che non abbiamo o il tempo o la volontà o la capacità intellettuale di sviluppare. Far penitenza! ma di qual colpa, io dimando, e perchè in casa vostra? Tocca al confessore e al missionario d'inculcarci la penitenza: gli amici devono fornirci i piaceri e le gioje. Quella frase è poi sempre bugiarda e ipocrita, se non nel fatto, almeno nella intenzione. Il vostro convito riescirà pur troppo una grave e lunga penitenza, se non saprete evitare la maggior parte degli inconvenienti che io verrò additandovi; ma il vostro desiderio e la persuasione vostra sono di far passare agli invitati alcune ore piacevoli e graditissime. Voi dunque dite per modestia una bugia, e fate che la virtù generi il vizio: ma siccome ciò è assurdo, così bisogna concludere che anche la virtù è apparente e non reale; e questo è proprio il vostro caso che mentite per modestia falsa.

Sembrerà a molti che io spenda troppe parole per un modo di esprimersi meramente convenzionale, cui non si dà il suo letteral valore nè da chi lo dice nè da chi lo sente: perchè difatti non intende a significar altro se non un invito a pranzo. Ma, non sarebbe pure una bella cosa che almeno nella nostra lingua casalinga e sincera ci avvezzassimo a sbandire le frasi antilogiche e stolte, che dividono colle stolte opinioni la fortuna di essere perenni, quasi fossero gemme di stile, o sublimità di concetti? Fate conto che quel modo d'invitare si usava dai nostri bisnonni, e che si userà dai pronipoti nostri, se non gli si grida addosso la croce. Dunque, o lettori, cominciate voi a non adoperarlo più, e fate la carità di spiegare e difondere queste mie ragioni fra tutti gli ignoranti che non leggono nessun libro, e fra tutti gli importanti che non si degnano di libri come i miei; perchè si ricordino in avvenire d'invitare i conoscenti a pranzo, e non già a far penitenza. Diamine! profanare l'idea tutta santa della penitenza, parificandole un buon pranzo! la mi sembra perfino una mezza empietà. E avvertite bene che queste cose io le dico, forzato dalla prepotenza del vero, e a malincuore, perchè stanno contro al nostro interesse commune. Infatti, se l'andar via a pranzare di quà e di là fosse proprio un far penitenza, sapete, miei cari amici, che questa solazzevole e ghiotta Lombardia dovrebbe mutar nome e chiamarsi la moderna Tebaide? Oh quanti che respirano a stento sotto alla ciccia di Ermolao, si sentirebbero emuli d'Ilarione!

Molti invitano a mangiare una zuppa: e taluni dicono perfino una cattiva zuppa. Male assai; cioè, male la zuppa, e peggio l'epiteto. Condanno l'aggettivo per gli argomenti sovr'accennati circa alla penitenza e alla modestia falsa: e scarto anche il sostantivo per due ragioni, anzi tre. Primo: perchè è un modo d'invitare soverchiamente usato, logoro, plateale. Secondo: perchè essendo appunto un mero termine di convenzione, spesse volte riesce una menzogna, e la zuppa non c'è. Ora, si deve dare assai più di quanto si promette, ma ciò che si promette ci ha da essere sempre. Vo avanti, e soggiungo che la zuppa si può benissimo darla, ma non si deve prometterla mai, come non si promette l'insalata, perchè indegna di onorevole menzione. Difatti, quantunque la zuppa possa avere complicazioni squisitissime e meritevoli di stabilire la fama di un cuoco, per sè stessa è un'idea poco solleticante. Fette di pane gonfiate nel brodo, parenti strettissimi del pancotto e del pantrito, che ci fanno venire in mente la malattia o la convalescenza in berretto da notte, e che solitamente venivano dopo allo stomachevole olio di ricino o all'esecrabile infuso lassativo. Insomma, se io ho da onorare la vostra mensa, sottoponetemi alla fantasia un concetto molto più appetitoso di quello che mi risveglia la zuppa, per la quale vi dico che io non mi movo nemmeno. Quando vogliate intitolare il pranzo dalla minestra, anzichè usare quel brutto gallicismo, sarà ben meglio invitare ai ravioli o al risotto, che sono tutt'altra cosa, e che sono parte integrante del nostro orgoglio nazionale.

Ed eccovi messi sulla strada delle formole regolari e logiche d'invitare. Sì; trattandosi di amici e persone di confidenza potete prendere per pretesto d'invito un qualunque piatto non comune che intendiate di dare. Per esempio: avete delle lingue di Zurigo? o dei fagiani della Stiria? o un porcellino di Praga? o un pasticcio di Strasburgo? Si invita a venire ad assaggiare o il pasticcio, o il porcellino, o il fagiano, ecc.: ben inteso che, se aveste anche tutte queste cose insieme, ne nominiate una sola, e non mi anticipiate in mezzo alla strada o su di un viglietto la lista delle vivande. Se è personaggio di qualche importanza e soggezione, pregatelo a farvi l'onore di favorirvi a pranzo il tal giorno. Se il pranzo è dato espressamente per lui, pregatelo ad accettare un pranzo. Che se la parola pranzo vi sembra, come è difatti, alquanto alta e promettitrice, non crediate di sostituirle un invito a desinare, giacchè quest'altra è bassa, alludendo solo al soddisfacimento di un materiale bisogno, qual'è l'azione del mangiare.

Ma il modo d'invitare più polito e nobile, perchè accenna esclusivamente al piacere morale della convivenza, si è quello di pregare a tenervi compagnia il tal giorno; formola universalmente conosciuta nella buona società per sinonimo d'invito a pranzo. Che se mai aveste qualche dubio e inquietudine di non essere intesi sul valore della frase, soggiungete verso le cinque ore, che è l'ora comune di pranzare. Quando poi si trattasse proprio di un gonzo cascato dalle montagne, dite chiaro e tondo, a scanso d'ogni equivoco, che si anderà a tavola alle cinque ore.

Qùi viene opportuno il ricordare due generi opposti di invitatori egualmente viziosi, cioè i freddi o indeterminati, e i seccanti o violenti. I primi non si sa mai se invitino di cuore, o per distrazione, o per dire una parola oziosa. «Dimani pranzano in casa mia il tale e il tal altro: vuol venire anche lei?» Che razza di dimanda è questa? se voglio venire tocca a voi a volere che io venga, e poi spiegherò la volontà mia. Ma il vostro parlare indica per lo meno l'assoluta indifferenza sulla mia determinazione, o anche il desiderio che io non accetti; e allora, che necessità d'invitarmi? E poi, ho io da venire perchè vengono altri? Va bene che questa sia la principale ragione dell'invito, ma si deve dissimularla: può anche essere accennata dopo, per far risolvere la mia volontà dubiosa, giacchè la buona compagnia è un buon argomento: ma deve insomma apparire che invitiate me per posseder me, e non per tirarmi a far numero o corteggio ad altri.

Taluni dicono: «Bisogna poi ricordarsi di favorirci qualche volta a pranzo: perchè non viene mai? qualunque giorno è buono per noi: si capita verso le cinque senza cerimonie.» Fortunato chi può invitare in questo modo; è segno che la sua lucerna è sempre ben provista d'olio; ma non è questo il mo-do d'invitare, no: perchè una persona dotata della menoma delicatezza, non lo trova mai quel giorno da venir là a dire: «Sono quì.» Ci vuole un bel coraggio a entrare in una famiglia per pranzare, quan-do non si è precisamente aspettato, a rischio di generare qualche sorpresa e di ricevere un accogli-mento non troppo caldo. Perciò tali inviti non sono accettati per buona valuta che dalle così dette faccie bronzine; per tutti gli altri sono semplici parole e nulla più. Quindi è che siffatti invitatori per-petui che non invitano mai, commettono, direi quasi, una piccola mariuoleria, una specie di truffa morale, spendendo ciarle per gentilezze, e aspirando alla gratitudine di favori che non impartiscono in fatto, e forse non hanno voglia d'impartire: con che rassomigliano un poco a certi vecchi volponi che con astute frasi fanno sperare la propria eredità a Tizio, a Cajo, a Sempronio, per cavarne prote-zione, premure, riguardi, e col perfido intendimento di corbellarli poi tutti. Gli uomini positivi e sin-ceri schivano le idee vaghe, e stringono sulle concrete. Se bramate di avere un tale a pranzo, e vi sia indifferente il giorno, lasciatelo pur scegliere a lui, ma fate che lo scelga. Per esempio, ditegli: «Mi favorisce oggi? — Non posso. — Ebbene, dimani. — Nemmeno. — Dunque posdimani: insomma, fissiamo un giorno, poichè sarà per me uno dei belli, e, più presto arriverà, me ne farà sperare alcun altro.» Così vi troverete sul campo del buon senso e della schietta cortesia.

Alcuni corrono all'eccesso contrario, invitando con una violenza e pertinacia tale, che la loro volontà diventa una specie di sentenza inappellabile. Si anderà in una casa a far visita: «Oh bravo! che fortu-na è la nostra! è proprio capitato a tempo: oggi bisogna restar quì a far compagnia a noi e a qualche buon amico. — Aggradirei tanto volentieri, ma non posso perchè.... — Non ci sono pretesti che ten-gano, di quì non si parte. — Parola d'onore, oggi sono impegnato altrove. — Dica dove e manderemo ad avvisare, e disimpegnarla», ecc., ecc. E sono capaci di nascondervi il cappello per impedirvi la fuga. Che se tenete saldo a voler partire, vi fanno il muso lungo e le lagnanze pungenti: «Oh, già, se si trattasse di casa X o di casa Z non direbbe di no: ma noi non abbiamo nulla che la interessi, e quì si secca.» Talora con queste sconvenienze si vince la partita, e un povero diavolo resta ad annojarsi davvero con una famiglia per provarle che non è nojosa.

Taluni hanno perfino questo vizio che, più un tale si ostina a schivare i loro pranzi, più si infuriano a invitarlo: ma non basta: spingono l'indiscrezione a voler sapere per forza quale sia il motivo che lo tenga lontano. Indagini d'una inciviltà prodigiosa. Come saperlo, e perchè saperlo? Forse non vorrà staccarsi dalle proprie abitudini: forse la vostra cucina non gli è sana, o non gli accomoda l'ora del vostro desinare, o gli è antipatica qualche persona di casa vostra, o vuole evitare una qualche Putifar: che so io? si danno tanti casi in questo mondo! Trovate che alcuno sia un po' troppo difficile ad ac-cettare? diradate gl'inviti fino a non farne più: che si può essere ottimi amici senza mangiare insieme. Stiamo al pensiero semplice delle cose: perchè si invita a pranzo? per far gentilezza e piacere. Ma la gentilezza che insiste troppo si cambia in importunità: ma il piacere per forza diventa disgusto: dun-que non seccatevi e non seccate.

A proposito di ore, bisogna bene che io sappia quale è quella di casa vostra. Il bel mondo suol pran-zare alle cinque: l'aristocrazia, la burocrazia, i possidenti, i negozianti, i professionisti, gli artisti, ecc. Molti tirano innanzi qualche mezz'ora, ed è del gran genere, massime in certe stagioni, attender le sei, e anche al di là. Insomma, il tardare è sempre cosa sublime, mirabile, lionesca. Altri mo' antici-pano qualche mezz'ora, e taluni sono capaci di calar giù fino alle ore quattro, al disotto delle quali poi non è permesso discendere, sotto pena di sentirvi a dimandare qual sia la vostra setta o da qual mondo veniate. E quì bisogna avvertire che quando si parla di ora del pranzo, s'intende sempre del pranzo in famiglia. L'uomo solo, disoccupato, che va alla trattoria è un exlege, libero affatto di seguire il capriccioso orario della fame o della propria fantasia. Nè si ha da credere che il generale accordo della buona società in un'ora quasi simultanea pel pranzo sia atto di servilità a una moda irragionevole. Per molta parte dell'anno alle ore cinque il giorno è prossimo alla sera, e d'inverno questa incomincia. Quindi il pranzar tardi e abbrevia per le signore la monotonia delle lunghe serate, e allunga per gli uomini d'affari l'utile godimento delle ore diurne. Quell'ora bipartisce equabilmente la giornata ai ricchi che non la cominciano troppo presto; e riesce comodissima anche d'estate, perchè dà tempo agli ardori del sole di moderarsi, e vi dispone al passeggio vespertino, alla trottata sul corso, ecc. D'ordinario gli studii dei negozianti, e costantemente i pubblici uffici, si chiudono alle quattro; e il buon impiegato che dimandò tante volte quell'ora al pigro oriuolo, si dà una fregatina di mani, con un «se Dio vuole, anche quest'oggi ho finito», e, fatta qualche chiacchera per via, e qualche visituccia simpatica, arriva a casa proprio nel momento fumante che si serve in tavola la minestra. Il pranzo, che sia degno del proprio nome, e non si riduca alle proporzioni di una frugal refezione, ci rende poco atti alle serie e continuate occupazioni tanto dello spirito quanto del corpo: talchè, se per il nostro moderato clima è soverchio il precetto della scuola salernitana, post prandium stabis, sarebbe ottimo senno il sostituirgli post prandium vacabis. Ed ecco perchè gli uomini naturalmente inclinano a protrarre il pranzo finchè abbiano fatto il meglio e il più di quanto hanno a fare. Stabilito poi una volta l'orario da ceti numerosi e autorevoli, bisogna che vi si uniformino tanti altri che ne dipendono o vi si collegano, per quanto loro preme il buono e regolare andamento del consorzio sociale: come in geografia, fissato una volta per punto di partenza il meridiano di Parigi, bisogna che tutti vi si uniformino, sotto pena di errori e di confusione. Così tutti sanno fino a quale ora si possano protrarre le visite, fino a quale altra non si possano ricominciare senza indiscrezione: e vi hanno per le famiglie ore sacre e inviolabili di domestica libertà. Giacchè (se mai v'è ancora chi abbia bisogno di sentirselo a dire) ritenete per assioma affatto elementare di civiltà, che, eccetto fra persone della massima confidenza, non si va mai nell'ora del pranzo in casa altrui, perchè almeno quando si dorme e quando si mangia si ha da poter credere di essere in casa propria. Supponiamo, per modo d'esempio, che da voi si pranzi alle ore due: chi può imaginarselo, fuori degli amici? Appena mangiata la minestra, arriva una visita di persone di riguardo che sono dolenti e imbarazzate d'avervi sorpresi a tavola: ma voi fate i disinvolti e i giulivi tuttochè più dolenti e imbarazzati di loro per esservi lasciati cogliere a un pasto esemplarmente frugale; cosa tanto probabile in chi desina alle due ore. Quei signori vogliono partire e lasciarvi in libertà; voi non potete permetterlo quantunque in cuor vostro li mandiate sulle corna di tutti i diavoli; e protestate di aver quasi finito, e fate passare la frittura per l'arrosto, e fate correre di soppiatto l'unica servetta o un figliuolo a comperare quattro pera e una fetta di formaggio che debbano rappresentare il dessert, intanto che un pajo di piatti vuoti s'ingegnano a nascondere le più larghe e vivaci macchie della tovaglia. Questa piccola scena comica basti per tante altre a dimostrarvi gl'inconvenienti del non pranzare all'ora commune. Almeno a quell'ora potrete cavarvi la fame con patate e carne di pecora, e poi alla sera lagnarvi sbadatamente in conversazione che i tartufi e la selvaggina v'han dato un po' di peso allo stomaco. Insomma, poco prima o poco dopo, si pranza alle cinque, e meglio dopo che prima: e se vi trattenni alquanto su questo tema, fu per dimostrarvi che certe consuetudini, le quali a primo aspetto sembrano affatto arbitrarie e convenzionali, hanno le loro buone e belle ragioni in rerum natura.

Ora veniamo a noi. Ditemi un poco, sareste per avventura di quelli che pranzano alle due? forse a un'ora? oimè, c'è ancora di peggio? già io parlo al popolo, e il popolo è di tutti i colori, e ne fa di belle. Sareste dunque di quelli che mangiano tre volte al giorno subito dopo i tre Angelus Domini? In tal caso, miei cari, bisognerà bene che rinunciate all'onore di convitare, o che vi limitiate a invitare i pari vostri. Per carità non offendetevi di questa parola che è d'un'intenzione affatto innocente. Nulla di più rispettabile nel buon vecchio popolo quanto l'attaccamento alle usanze patriarcali dei bisavoli che si mettevano a tavola al tocco della campana parochiale, e che d'estate facevano anche la merenda. Alcuni che vissero a lungo, secondo natura, nella libertà del villaggio, ci forniscono anche in città l'idillio piccante dei costumi campestri. Molti che di buon mattino si dedicano al lavoro (nel senso energico e muscolare della parola), non possono resistere più lungamente al bisogno di un pasto sostanzioso. Molti hanno a sorvegliare uomini di fabrica, operaj, manifatturieri che appunto riposano dalle dodici alle due. Nè dimenticherò che han l'orario obligato tante persone côlte che attendono alla educazione della gioventù nei collegi, nei seminarii, nei conservatorii, negli instituti di ogni spe-cie. Ed ecco come quell'ora diventa o indicatissima o anche necessaria per tanta gente non solo rispettabile, ma amabile e cordiale al punto da voler fare frequenti inviti alla propria mensa meridiana.

Ma qui appunto mi corre il dovere di avvertirli di limitare i loro favori a persone che si trovino nelle stesse circostanze, e quindi nelle identiche abitudini e che, salvo alcune eccezioni inevitabili, lascino nel loro brodo tutti quelli delle ore cinque: perchè le abitudini diventano nell'uomo una seconda natura, alla quale troppo penosamente si resiste; e le dietetiche sono tra quelle cui più difficilmente si vorrebbe derogare. Figuratevi che quando alcuno di costoro accetta per convenienza un vostro pranzo, comincia un giorno prima a meditarvi sopra. «Dimani si desina a un'ora! (dico un'ora, perchè le famiglie del mezzogiorno quando fanno inviti, diventano terribilmente aristocratiche, e sono capaci di aspettare fino all'una), dunque bisognerà tralasciare di far colazione: e poi, che si fa tutto il resto della giornata? come si fa a ottenere la sera? vuol essere una gran noja!» Difatti a due ore e un quarto, due e mezzo al più, il pranzo è finito. Si resta un'altra mezz'ora a far chiacchiere, e poi? siamo ancora nel cuore della giornata, e questa famiglia avrà le sue occupazioni. Si parte, ma per dove? e a che fare? come può impiegare utilmente il tempo un uomo pieno di cibo e di bevanda? Pieno per più ragioni: perchè non aveva fatto colazione, perchè della roba ve n'era, perchè poi sovratutto ve la ingollavano per forza. E tanto più cresce il senso della obesità, in quanto che per l'ora insolita anche la dose abituale di nutrimento sarebbe troppa. Si gironza per le strade, ed è un'invidia a vedere il suo prossimo snello e attivo che va preparandosi l'appetito per il pranzo. Si ha bell'affettare un'aria disinvolta e rinunciare allo stecco a fine che nessuno sospetti che si attende seriamente all'opera del chilo. L'uomo appena escito dalle mani dell'ospitalità cordiale, ha scritto su tutta la persona le parole: ho desinato. È un po' più tondo e rubicondo del solito, il respiro alquanto greve, e un tutto insieme d'impacciato e di svogliato che tradisce da un capo all'altro della contrada il mistero di una digestione importante. E quì notate che tutto ciò è in piena regola quando accade all'ora debita e in compagnia degli altri: ma quattr'ore prima diventa un ridicolo anacronismo. Difatti gli amici vi fermano, sogghignano, vi fanno confessare il vostro secreto, e vogliono cavarsi cento curiosità, come diamine sia avvenuta la cosa, se il vostro ospite abbia la coda, o almeno se sia della confraternita, e se la minestra era ben satura di lardo, e se il vino era grosso, e se vi abbiano dato il rosolio di garofani. È una disperazione. Alle cinque, quando il mondo si ritira, si va, tanto per ammazzare un po' di tempo, ad assistere al desinare d'una famiglia di confidenza. Ma, oimè! è una gran noja, quando si sta digerendo, a osservare gli altri a mangiare. Pare fino impossibile che si abbia a trovar gusto nel cacciar giù quella minestra e quel manzaccio. Anche l'atto del mangiare assume un aspetto sguajato e triviale: tutto l'individuo, fosse pure una Saffo, o una Corinna, non si annunzia più che sotto i rapporti d'una macina, di un frullone, di un laboratorio chimico: e si pensa con che pazza disinvoltura l'umanità abbia da un bisogno cavato fuori argomenti di piaceri, di abusi, di mali infiniti; si giugne a ripetere certi periodici proponimenti di temperanza e frugalità, che poi svaniscono colla notte: insomma si passa per tutte le stramberie della filosofia morale, sentimentale e animale: e tutto ciò per aver pranzato a un'ora brutale.

Quì parmi sentire alcuno degli uomini del mezzodì (che vi prego a non confondere con gli uomini del sud) a dimandarmi se dunque non potranno più procurarsi la fortuna di convitare persone di gar-bo. Rispondo che il caso è serio, ma non disperato: è appunto nei grandi mali che si spiega la potenza dei grandi rimedii: eccovi dunque il vostro in due parole. Bisogna precisamente invertire l'ordine abituale dei pasti, invitando al pranzo per l'ora in cui siete soliti a cenare: e voi altri di famiglia per quella volta cenerete al mezzo giorno. Che se mai, per supposto, il mezzodì fosse l'ora non solo della vostra casa, ma del vostro paese (e se è quell'ora, vi saranno le sue buone ragioni locali); allora, intendiamoci bene, sareste in piena regola, e invitate pure tutto il mondo perchè io mi sono riferito, come dissi da principio, agli usi di Milano, e quì la questione è principalmente sull'uso e sul bisogno di uniformarvisi. Quando poi voleste proprio trattare un forestiero dalle ore cinque coll'estremo della gentilezza e della deferenza, invitatelo a cena e non a pranzo. Vedete come nelle cose ragionevoli io sia facile e accomodante.

CAPITOLO SECONDO

Ma andiamo avanti che la matassa da svolgere è grossa. Ora dimando: quanta gente saremo, a tavola? — Dodici o tredici. — Ahi! spero bene che intendiate dire dodici o quattordici: perchè fra tutti i numeri dell'aritmetica il tredici è quel solo che vi consiglio di scrupolosamente evitare, almeno a pranzo. Moltissimi credono che il trovarsi a mensa in tredici (la cifra della morte!) sia di pessimo augurio, e che uno di quel funesto numero debba sicuramente morire dentro l'anno. Capperi! sarebbe un farci pagare troppo caro il pranzo mettendolo al prezzo di una condanna capitale. Nè occorre il ripetermi che queste sono superstizioni sciocche, riprovevoli, e perciò degne d'essere combattute a tutto potere. Siamo perfettamente d'accordo quanto al primo punto; ma intanto il fatto di questo pregiudizio sussiste, e l'enorme fatuità del medesimo non sarà mai argomento per inferirne che debba essere poco diffuso. Quanto al secondo punto, siamo ancora d'accordo: sì; è bene dar mano attiva e costante a distruggere le superstizioni: ma nei libri, ma nelle conversazioni, ma dal pulpito, se volete: non mai a tavola, dove si ha lo scopo di far cosa grata a tutti; dove non s'hanno a distruggere che le vivande e le bottiglie e i pensieri melanconici. Stiamo dunque a vedere che oltre all'avervi fatto l'onore di accettare un pranzo, dovremo subire per forza e a tradimento una paurosa lezione di filosofia! E se poi uno dei tredici, cosa non improbabile, avesse proprio a morire nell'anno? Io vi dimando quanto persuadente ed efficace sarebbe riescita la vostra lezione. È bensì vero che la probabilità di morte cresce col crescere il numero dei commensali, e forse si raddoppierebbe se fossero, per esempio, ventisei: ma, tutto ben ponderato, ciò dovrebbe risultare dall'essere il ventisei niente altro che un tredici raddoppiato. Potrete fors'anco dirmi che i vostri invitati non hanno simili pregiudizii, perchè tutta gente dotta e di buon criterio. Eh, miei cari, più si vive, e più bisogna persuadersi che sull'albero della sapienza può benissimo innestarsi un ramoscello di pazzia, e che il più distinto buon senso lascia spesso desiderare un po' di senso comune. Le piccole superstizioni degli spiriti forti fornirebbero materia d'un grosso e curioso volume: sono talvolta idee tradizionali di famiglia; o frutti di panzane udite fin dalla puerizia sotto alla cappa del camino; fantasie lungamente coltivate, abitudini insomma che non si avvertì mai di padroneggiare e che finiscono a padroneggiare affatto se non la ragione, almeno l'imaginazione, che è pur la bestia ombrosa, bisbetica, riottosa. Se ci troveremo a tavola in tredici, lo sapremo di certo, perchè è una specie d'istinto quello di numerare i compagni di mensa: e chi non vi pensasse, se lo sentirebbe a dire nell'orecchio dal vicino. Ora, la cosa potrebbe dispiacere più che mediocremente ad alcuni, anche a uno solo; via! nel secolo dei lumi mi limito a uno. E ciò basta perchè vi facciate un dovere di evitare quella cifra.

Ma, e se, prestabilito il numero di dodici, sopragiugnesse all'ultimo momento un tredicesimo inaspettato? e se dei quattordici ne mancasse uno? — In simili frangenti fate giocare di comodino uno dei vostri figliuoletti, il quale debba pranzare o con voi o in cucina secondo le esigenze del caso. Una gentile signora che non aveva figli faceva servire di comodino un amico, l'amico del cuore. Trovando che per qualunque inaspettato accidente si riescisse al tredici, tentava il colpo di far pregare qualche vicino di casa, in via di grazia, anche solo per sedere ozioso a tavola, qualora avesse già pranzato. Se lo scopo andava fallito, ingiungeva all'amico di svignarsela con destrezza all'atto di porsi a mensa, e andare per quel giorno all'osteria. Nè si può pretendere meno dall'amico del cuore, in quest'epoca prosaica e poltrona che non lo obbliga più a correre armato a battersi coi cavalieri erranti per provare che la sua dama è il più eletto fiore di bellezza e di virtù. E l'amico partiva, ma in questa intelligenza, che avrebbe gironzato a vista della casa almeno una mezz'ora: perchè se mai sopragiugneva un tardivo a rimettere la tredicina, egli risaliva in coda a rifare il quattordici. Passata la mezz'ora e, per colmo di precauzione, un altro quarto, se ne andava all'osteria, beato di aver reso a madama un sì importante servigio.

Un altro aneddotino, e quindi passeremo oltre. Eravamo in casa d'un amico, lì lì all'istante di passare nella sala da pranzo. Uno degli invitati aveva l'aria preoccupata, e con occhiate rapide passava in rivista la comitiva. Rivoltosi al padrone di casa, dimandò «Non si aspetta nessun altro? — No, ci siamo tutti.» Si va a tavola, e.... l'amico è scomparso. Un servitore annunzia che «Il signor N. lascia mille doveri e mille scuse, ma per un affare urgente che aveva dimenticato, deve privarsi del piacere della compagnia.» La cosa ai più parve strana, e si cominciò ad almanaccare sulla causa. Chi opinava che si sarà sentito male: chi dimandava se mai si fosse tenuto qualche discorso che indirettamente avesse potuto offenderlo: un tale, celebre per le sue distrazioni, sosteneva nulla esservi di più facile e naturale quanto un impegno indeclinabile e stato dimenticato. Finalmente uno di quelli che se ne intendono, e che talvolta da una sola parola indovinano tutto un uomo (come Cuvier da un dente fossile argomentava tutta la struttura d'un tipo perduto di bestia), disse: «Il vero motivo credo averlo scoperto io: eravamo in tredici, e quando fu certo che non arrivava più nessuno a cambiare il numero, si è salvato colla fuga.» A questa rivelazione una signora sentimentale esclamò: «Poverino! si è sagrificato per tutti.» Il giorno susseguente trovo per via il disertore. «Oh, stimatissimo! quale sgraziata combinazione ci tolse ieri la fortuna di averla con noi? si temeva forte della di lei salute. — Caro Dottore, non ha avvertito che saremmo stati a tavola in tredici? — Oh diavolo! è vero pur troppo; e, ora che ci penso, la cosa era tanto più seria e di pessimo augurio perchè non ci mancava nè il medico nè il prete. — Bravo! è precisamente quello che pensava anch'io: la si figuri se io sono uomo da lasciarmi cogliere a questi lacci.»

Dunque saremo a tavola in dodici, quattordici, sedici al più. Va bene: è un numero che non genera ancora confusione, che non rallenta troppo il servizio, che lascia partecipare tutta la comitiva a un tema interessante, senza impedire i parziali discorsi tra i vicini di posto. Rispettiamo pure i pranzi d'un capo di famiglia nelle primarie solennità, quando si raccolgono e figli e nuore e nipoti e cognati e cugini: genere sacro, patriarcale. Ammiriamo pure i pranzi luculleschi, meravigliosi per scienza di oltramontani cuochi, e per ricchezza d'argenti, di cristalleria, di porcellane, di livree: genere artistico, illustre, gran genere! Andiamo anche, secondo la tendenza del secolo, ai mostruosi pranzi di società, dai cento e più coperti, intesi a onorare qualche uomo celebre o potente; genere horrendum, informe, ingens; ma sono tutte cose ben diverse dai pranzetti cordiali e alla buona, di cui voglio ragionarvi. Specialmente nel terzo dei generi accennati si va tra gente che non si è veduta mai, a cui non si è presentati, di cui non s'impara nemmeno il nome. Là s'incontra muso a muso il più aborrito nemico senza guardarlo, e nessuno se n'accorge. Là è un aggregarsi a caso e un segregarsi ad arte in molti piccoli crocchi che fanno da sè perchè provano il bisogno della confidenza fra tanta soggezione. Moralmente parlando, non si è mai così in pochi come quando si è in troppi: a segno tale che una moltitudine sconosciuta ci richiama subito l'idea del nostro isolamento, e ci rende una penosa sensazione di vuoto: per esempio, quando si siede in una fitta platea al teatro, o, meglio ancora, quando si gira per una popolosa città, lontano dalla patria: nel qual ultimo caso, se s'incontra una persona appena conosciuta di vista, e che al proprio paese non si salutava nemmeno, le si fa una festa, una festa, come se fosse intrinseco amico fin dalla infanzia.

Io dunque intendo quì di parlare del pranzo senza pretensione e senza scopi, fuor di quello di stare allegri e godere una buona compagnia. Perciò debbono essere tutti elementi omogenei: amici fra loro la più parte, e chi non lo è ancora, degno di diventarlo alla prima seduta: insomma, tutti buoni diavoli e buone diavolesse. Ed ecco che bisogna non essere in molti, perchè di questa brava gente ce n'è poca, e perchè così diminuisce anche il grave pericolo che ci caschi in mezzo un muso antipatico o equivoco che dissipi ogni gioja e ci agghiacci le parole sulle labbra. Noi, vedete, siamo capaci di berne un bicchiere più del necessario, massime se ce lo darete buono; e verso la fine del pranzo uno diventerà poeta, un altro oratore sentimentale, un terzo filosofo: e Tizio scioglierà le più intricate questioni di economia pubblica, e Sempronio trincierà politica peggio che una gazzetta: perchè se il proverbio dice che nel vino c'è la verità, io soggiungo che nel vino ci stanno le scienze tutte, le quali altro non sono che la verità. Il più obeso indicherà i rimedii pronti e sicuri per isbandire il pauperismo e la fame dai grandi centri di popolazione: due amici abbracciandosi raccomanderanno caldamente alla Francia e all'Inghilterra di star ben unite fra loro: e un furbo ci spiegherà con aria di mistero come debba andar presto a finire la gran questione europea. Che più? nel calore della ciarla un buon impiegato scapperà fuori a dire, in via di parentesi, che il suo capo d'ufficio è un gran bestione, o fors'anche un solenne birbante. E questi e consimili parlari inconcludenti, la cui responsabilità è tutta della bottiglia, che nessuno più ricorda il giorno dopo, avrebbero ad essere raccolti da un imbecille maligno che se ne serva per metterci in ridicolo dietro le spalle? o, ciò che è peggio, anderebbero ad amplificarsi e aggravarsi in bocca d'un Giuda, procurandoci frutti di pentimento?

Ma lasciamo questa ipotesi che è la più sinistra se non la più difficile ad avverarsi. Dico che ad un pranzo di onesti e cordiali amici l'intervento d'una sola persona che per qualsisia titolo non goda buon nome, è fatto bastante a intorbidare la serenità delle fronti, e a cambiare la giovialità in freddezza e riserbo: con che fallisce lo scopo massimo del convegno che si raduna per passare alcune ore fra le delizie della schietta e lieta convivenza. Perciò, prima e suprema cura dell'invitante deve essere quella della scelta. V'hanno eccellenti famiglie che contano fra gli amici qualche cattivo soggetto, e, ciò che è più singolare, conosciuto per tale communemente. O sia pochezza di criterio, o sia debolezza di carattere, o sia eccesso di buona fede, o sia il trovarsi eccentrici a quella porzione raffinata della società che sa, vede e giudica: fatto sta che questi casi non sono infrequenti: e non v'ha forse alcuno de' miei lettori il quale non abbia più volte domandato a sè stesso: «Come mai i tali si lasciano venir per casa il tal altro?» Ma costui, appunto perchè non desiderato nelle buone famiglie, si tiene tanto più legato a quest'una, e c'entra sempre, e c'entra in tutto, e specialmente negl'inviti, e la sua presenza disturba, perchè è più indigeribile d'ogni più indigeribil vivanda.

Ma anche questo riguardiamolo come fatto eccezionale. I vostri amici saranno tutti fiori di buona e brava gente; eppure quando date un pranzo, a fine che non riesca freddo e nojoso, bisogna saperli assortire; perchè, replico, il bello morale di una mensa amichevole è che tutti gli invitati armonizzino tra loro. Dilucidiamo il pensiero con alcuni esempi. Un pajo di vagheggini che hanno tutta l'anima negli amoretti, nei cavalli, nel tiro alla pistola, e un pajo di artisti che non possedono un palmo di terra, devono pur trovarsi male frammisti a sei o sette proprietarii o fittabili, che dalla minestra sino al caffè discorrano caldamente di brughiere bonificate, di riparazioni alle cascine, del prezzo del frumento e del miglio, del fieno agostano e quartirolo, della carezza del letame a un tanto al quadretto, della polmonea delle vacche, del diavolo che li porti! Volete invitare alcune signore eleganti? preparate loro un corteggio che bene o male (ciò poco importa) sappia intrattenerle di teatri, di musica, di mode, di romanzi, di fiori, di balli, di sentimentalismo. Per carità, guardatevi dal gettarle in mezzo a un branco di vecchi funzionarii, polverosi di tabacco e di scienza burocratica, cui non si possa distogliere un minuto dai decreti del governo, dalle ordinanze delegatizie, dalla legge dell'anno tale derogata con sovrana patente dell'anno tal altro, dai diritti communali, dall'amministrazione de' luoghi pii. Non capite che quelle povere donne condannate a simile suppli-zio, si augurerebbero di essere piuttosto nel loro letto coll'emicrania? Quel buon prete timido e scru-poloso avrete ben tempo d'invitarlo altre volte: ma lasciatelo tranquillo a casa sua quando avete in casa vostra una mano di giovinotti motteggiatori e un po' larghi di bocca. La vostra tavola sarà ono-rata dal letterato A, e certamente è felice il pensiero di fargli tenere compagnia dal letterato B; ma bisogna esser certi che siano amici tra loro: perchè le lettere (le lettere educatrici e gentili) sono pur troppo un semenzajo di invidie, di superbie, di odii, di vendette: e potrebbe darsi che A e B si tro-vassero malissimo insieme o perchè l'uno nega all'altro perfino il titolo di uomo ragionevole, o per essere uno galantuomo e l'altro birbante, o anche per essere birbanti tutti e due, ma di specie diversa, come lupo e volpe. Avrete in animo di fare una grata sorpresa ai vostri commensali invitando due bellissime signore. Ahi, ahi! temo forte che ci saranno invidiuzze e rabbiette tanto più cocenti, quan-to meglio dissimulate sotto al miele dei sorrisi. «Eppure, la tale e la tale si amano; quando si incon-trano si abbracciano, e si dicono cento cose graziose.» Ragioni di più per credere che si detestino nell'intimo del cuore. Due bellezze sono due Potenze essenzialmente rivali, e voi sapete che l'entente cordiale non impedisce alle Potenze di cordialmente odiarsi. Volete tentarne la prova? allorchè una di loro in amichevole colloquio vi farà caricatamente l'elogio dell'altra, provate un poco ad eccepire con un però: la signora troverà il vostro però sensatissimo, e ne aggiungerà subito un altro: e così di però in però, di restrizione in restrizione, di sincerità in sincerità vi sentirete assorti nei misteri di una maldicenza frugatrice, raffinata, minuta, viperina, a tratti inaspettati e nuovi quali non sa colpirli che l'ingegno di donna invidiosa. Perfino a invitare insieme due canonici dello stesso capitolo si arri-schierà di far cosa egregiamente malevisa ad entrambi, non già per far torto a loro che saranno i più buoni e pacifici canonici del mondo, ma perchè insomma è anche troppo quel vedersi in coro tutti i giorni dell'anno, e tutte le ore del giorno; e almeno quando si va a un buon pranzo si desidera trovar-si tra faccie che non sieno inevitabili.

Su questo tema ho a dirvi ancora due paroline, in confidenza. Se mai, per ragioni igieniche o di altra natura, siete soliti in venerdì e sabbato a mangiare pesci di terra o pesci dell'aria, riservate gli altri cinque giorni della settimana per chi volesse proprio in quei due i pesci dell'acqua. Le credenze di un certo ordine bisogna seriamente rispettarle, perchè di stretta logica va loro annessa un'altissima im-portanza. Violentandole, si riduce una persona al bivio penoso o di rinegare per rispetti umani la pro-pria coscienza, o di regalarvi la dolorosa scena di non pranzare. In qualunque dei modi la cosa è brut-ta. Mi direte che non si può indovinare come uno la pensi, e che il vostro onomastico va a cadere in giorno di magro, e che non si può a meno d'invitare i tali. Ebbene, tutto si accommoda col dare un pranzo misto, anfibio, ove trovino il fatto loro tanto il cervello del sistema pesce, quanto lo stomaco del sistema pollastro.

CAPITOLO TERZO

Quì temo che alcuni, anco tra i più benevoli lettori, non abbiano a maravigliarsi e a perder coraggio alle tante difficoltà che io vo loro accennando. Ma, cari amici, sono ben poche le cose che, a voler farle bene, non sieno difficili; e al contrario sono quasi tutte facili quando ci accontentiamo di farle male. Perfino a scegliere un buon zigaro di Virginia fra tanti cattivi ci vuole il tatto e l'occhio e la pratica di un fumatore provetto. V'ho io forse lusingati che l'arte di convitare sia facile? Appunto l'ho chiamata arte, perchè bisogna impararla e rendersene padroni a forza d'esercizio e di ingegno. Anzi, fra tutte le arti che si dicono belle, perchè intese a soddisfare l'intelligenza e gli affetti, questa si dovrebbe chiamare bellissima, perchè mira ad appagare e la mente e il cuore e il senso, e perfino il ventre, che è pur tanto prosaico. Credevate forse che io dovessi fornirvi un trattato di volgare epicureismo, e farvi ridere grassamente colla disputazione sulle salse, o coll'elogio della selvaggina? Allora io avrei composto un libro frivolo, e ciò non è più lecito nel secolo del progresso che vuole ogni opera dell'ingegno coordinata a rigenerare, a rialzare, a rieducare tutto il corpo sociale. Ed io, fedele al generoso appello, tento di perfezionare l'arte dell'anfitrione, che ne' suoi rapporti materiali è stata finora un monopolio dei ricchi, e nei rapporti morali è poco meno che una rivelazione, una scienza nuova. E pretenderete che una scienza nuova vi riesca facile di primo colpo? Non bisogna però disanimarsi; anzi è d'uopo adottare la divisa di Galileo: provando e riprovando: e raddoppiare di studii, e moltiplicare i pranzi, e voler sempre per commensale qualche critico di gusto severo che vi renda ragione dei vostri progressi: e sperare che coll'esercizio e col tempo vi renderete maestri nei più riposti segreti dell'arte. Il conseguimento della gloria esige sforzi e sagrificii; e di vera gloria a buon mercato non se ne vende in nessuna bottega.

Ma il terribile sta in ciò, che molte volte non si può comperarla nemmeno a caro prezzo: perchè a forza di denaro si daranno pranzi splendidi, magnifici, epuloneschi, sardanapaleschi: ma i pranzi dei capi ameni, della giocondità sincera, della libera ciarla, delle lunghe risate: che si ricordano per tutta la vita, e fanno dire ai vecchi: «Che belle ore si passavano, e che cara società si trovava in casa del tale di buona memoria»; oh! questi pranzi tanto desiderabili sono altrettanto rari, perchè a saperli combinare abbisogna e buon senso e bel cuore. Dico bel cuore, piuttosto che buono: perchè il primo implica l'idea della delicatezza e della scelta. Il buon cuore è una virtù che troppo facilmente degenera in vizio, perchè volendo abbracciar troppo, finisce a non istringer nulla. Le umane forze hanno un limite, e bisogna saperle calcolare e applicare saggiamente per trarne il partito migliore. Disperdetele in cento scopi, e non ne raggiungerete alcuno. V'han di quelli che ambiscono di giovare a tutti, servire a tutti, farsi amici tutti: e non riescono in nulla, e nessuno si tien loro obbligato; e in mezzo a mille conoscenti, è miracolo se trovano un amico. Lettori miei, avete mai accettato per buona moneta la stima di uno che stima egualmente qualunque altro? Avete mai avuto la menoma fiducia nella protezione e nelle lettere commendatizie di certi protettori universali? E, ditemi, trovate appetibili certe mense, dove un po' per volta vedete a sedere un esercito di persone nuove?

Sì: fra i traviamenti dell'arte nostra, mi è pur d'uopo marcare quello di alcuni facoltosi, che fanno spensieratamente mille relazioni, e prodigano le distinzioni della intimità a chiunque capiti loro tra' piedi: la casa di costoro è un porto di mare, e la loro tavola sta aperta per tutto il mondo. Dio buono, dar da pranzo a tutto il mondo! ma questo è perfino un invadere i diritti degli Umanitarii, ai quali soli è concesso di convitare l'universo allo sterminato banchetto dei voti ardenti, delle speranze poetiche, delle magnifiche profezie. Che allegria e che abbandono vi può mai essere a una tavola ove siedano sempre diverse faccie sconosciute? e dove ogni momento bisogna dar nel gomito al vicino, e susurrargli all'orecchio: «Chi è quel pancione che vien dopo don Flamminio? — È N. N., parassito famoso, che si caccia dapertutto ove ci sia da desinare, e che s'è fatto presentare solamente jeri. — E quel magrino sentimentale vicino alla moglie dell'architetto? — È un giovine artista, amico dell'architetto, che lo protegge e lo introduce nelle case: dicono anche che sia il suo Cireneo. — Cioè? — Cioè che lo ajuti a portare la croce del matrimonio.» A questi pranzi alcuni ci vanno per convenienza; moltissimi per pranzare: chè in fin dei conti, anzi, in quanto risguarda ai veri conti, è una gran ragione anche questa. Ma secondo le nostre vedute estetico-morali, siffatti pranzi ci richiamano involontariamente alla prosaica idea di una buona trattoria gratis.

Però: siccome appunto lo scopo di pranzare è in sè stesso abbastanza ragionevole e buono per molta gente: siccome l'arte, se scapita ne' suoi rapporti altamente filosofici, può essere vantaggiata nelle sue parti materiali: quindi, siccome da questi pranzi possono difundersi nell'agiato popolo e il gusto per le squisite vivande, e il senso dell'ordine e del buon servizio, e l'amore dell'eleganza e delle confortevoli commodità del viver dolce: così non insisterò più su questo tema del troppo facile invitare. Rifletto poi anche che non tocca a me il farlo: perchè colle mie sottigliezze ed esigenze soverchie riescirei agli antipodi della meta prefissa, insegnando niente meno che l'arte di non convitare. E, data questa piccola assurdità, volete sapere qual sia l'idea che mi fa paura? è la disapprovazione e l'odio di tante persone rispettabili che fanno i commensali di professione, che hanno sette cuochi per settimana, che insomma vivono della filantropica abitudine di compiacere a coloro che desiderano compagnia alla propria mensa. Oh, agli occhi di questa buona gente io avrei proprio composto il più iniquo e bestiale de' miei libri: e correrei pericolo di esserne punito con alcuno di quei tremendi articoli bibliografici che mi colmano di rimorsi, e mi fanno intisichire d'avvilimento. Dunque, o ricchi benemeriti, spesseggiate pure e largheggiate d'inviti, e date sull'arte nostra eloquenti e magnifiche lezioni pratiche, ben più efficaci dei freddi e insipidi precetti affidati alla carta: e io dal mio ritiro vi darò ragione e vi applaudirò sempre come i tanti affamati scolari che vi fanno bella corona a tavola, avidi tutti di apprendere e perfezionarsi. Vorrei solo una condizione: che su trenta giorni del mese ne riservaste uno, almeno uno, pei veri amici.

Ma, oimè! che quì è proprio dove manca il terreno sotto ai piedi. Le persone dal cuore troppo espanso, che sono tutto per tutti, hanno un diluvio d'amici nel senso volgare e abusivo della parola: ma ordinariamente sono destinati a non averne nella significazione nobile e sacra del concetto. In ciò rassomigliano molto ai dotti enciclopedici che, a forza di trattar confidenzialmente tutte le scienze, non riescono mai a possederne alcuna. La cosa non è che troppo naturale. L'amicizia è oculata, e perciò, a lungo andare, più gelosa dell'amore, che dalla sapienza antica fu dipinto cieco, e spesso si appaga di illusorie apparenze. Primo e supremo elemento di quell'affetto è la stima che conduce alle più delicate distinzioni: ma queste cessano di esser tali se si usano con varii. Che uno vi confidi un'afflizione intima, o una gioja secreta: ciò vi lusinga l'amor proprio, v'inspira interessamento e benevolenza. Ma se quella confidenza fu fatta a molti, se vi accorgete che è divenuta il secreto della comunità, cessa ogni illusione, e la simpatia, principio d'amicizia, si raffredda e svanisce. Nelle reminiscenze della propria vita molti troveranno il fatto seguente: di aver ricevuto da un Tizio numerosi e anche importanti tratti di gentilezza e cordialità: e di non aver mai potuto provarne un senso proporzionale di affezione e gratitudine: del che, come animi di buona tempra, si saran dati colpa e rimprovero. Ma di questa, non meno che di altre supposte anomalie del cuore, se vorranno frugare nel fondo della coscienza, troveranno le ragioni; delle quali la principalissima, se non anche l'unica, sta in ciò, che quei tali favori venivano indifferentemente estesi a molte altre persone, e, ciò che è peggio, ad alcune immeritevoli di parteciparne.

Ma che diamine vo io spigolando nei perigliosi campi della morale, quando si tratta di pranzi? E poi, le teorie generali e astratte rassomigliano molto ai precetti delle poetiche, per le quali il mondo si divide in due sole classi: la prima, immensamente piccola, che non ne abbisogna perchè ha dal proprio ingegno il senso delle più squisite e riposte convenienze dell'arte: la seconda, immensamente grande, che o non sa nemmeno l'esistenza dei trattati, o non sa capirli, o non sa applicarli alla prova. E poi, c'è ancora di più. A sciorinare precetti, e a vender consigli si fa presto: è il mestiere più commodo e facile del mondo. Ma bisogna trovarsi negli impicci dell'atto pratico. «Sì, il tale è un imbecille nojoso e insoffribile, ma frequenta la casa da trent'anni, lo abbiamo sempre tra i piedi; ai pranzi, se non lo si invita, egli ci viene istessamente: come si fa a cacciarlo via? è una specie di onere vitalizio. Il tal altro è un briccone: chi non lo sa? ma è persona influente e pericolosa, potrebbe farci del male: perciò lo teniamo da conto come il migliore degli amici.» Miei cari, non so che dire; quindi interpretate le mie massime a discrezione, e approfittatene alla meglio, secondo lo spirito e non secondo la lettera. Aggiugnerò solo un pensiero circa ai cattivi soggetti. È compatibile nel fatto di tollerarli chi veramente ha motivo di temerli: ma chi ha una posizione indipendente e forte, no. È una vergogna marcia, è una vera immoralità che i birbanti trovino il tornaconto a essere tali anche per la nostra debolezza di carattere. Il non saper metterli una buona volta alla porta equivale a incoraggiarli nelle loro infamità. Che se i birboni stanno sempre fra loro in lega contro i galantuomini; perchè non vi sarà mai la santa lega dei galantuomini contro i birboni? così questi trionfano spesso su quelli; e così si perpetua una fonte d'infinite ingiustizie e di mali infiniti.

Però, avanti di chiudere il paragrafo sulla scelta dei convitati, bisogna che vi parli di una combinazione gravissima, che assolutamente reclama un serio ed efficace provedimento, e sul quale ho a proporvi una misura nuova, che s'accomoda a tutte le intelligenze ed è applicabile da chichessia. Si danno in società dei casi di antipatia e avversione così forti, che un tale schiva un tal altro a tutto potere, e per nessun titolo non vorrebbe mai trovarsi con lui faccia a faccia in un piccolo crocchio, e meno poi sedere alla stessa mensa. Cose riprovevoli, lo concedo; ma bisogna pur farsene carico come di fatti non infrequenti. Per citare un solo esempio, forse il più compatibile anche agli occhi della severa morale, vi addurrò quello del creditore violento. Chi ha mai saputo definire siffatto animale? Un impertinente che nega di riporre in voi la debita fiducia: che si rifiuta di tener aperta una piccola partita di conti con la vostra rispettabile casa: che non vi lascia respirare, e sotto ai più oltraggianti pretesti, e a costo delle più odiose vie di fatto pretende niente meno che di essere pagato, e a tempo fisso e brevissimo, contro i dettami della sapienza popolare che inventò espressamente per questi indiscreti l'adagio a morire e a pagare non è mai troppo l'aspettare. Costui vi trascina a forza in pretorio, dove bisogna far sapere i vostri interessi a scribi e farisei: dove il mostro vi promette a sangue freddo l'oppignorazione, la vendita giudiziaria, la prigionia! E voi nel giorno susseguente, forse nel giorno stesso, andando a sollevarvi l'animo con un buon pranzo in casa di un caro amico, dove si lasciano i fastidii alla porta, v'innoltrate inconscio e giulivo nella sala, e, oh vista! trovate là il vostro demonio persecutore. Ombre sanguinose e incivili di Banco e del Commendatore, che osaste turbar le gioje delle mense; le apparizioni vostre dovean essere inezie e scherzi puerili in confronto di questa: perchè almeno voi sarete state infelici, scarne, e non avrete dato alle vittime vostre l'insultante spettacolo del mangiare! ma il creditore è florido, impassibile, non ha mai ciera da morir presto. Vedetelo a tavola: giacchè, per quanto vi collochiate lontano da lui, un'attrazione magnetica vi spinge a sogguardarlo, come dicesi avvenga dell'usignuolo in vista della serpe: eccolo là che ride e ciarla e mangia, anzi divora, con un abbandono e una pienezza di sentimento come se fosse in pace con tutti, come se tutto il mondo fosse suo. E difatti, rapporto a voi, tutto il mondo è suo, poichè siete suo voi, e vi trovate nella di lui terribile podestà. Che se il di lui sguardo s'incontra col vostro, egli mette fuori per voi, tutto per voi, e impercettibile a chiunque altro, un sogghignetto infernale che sembra dire: «Amico, non ti dimentico; ci rivedremo!» Per un povero diavolo che sia posto a questo eculeo, il pranzo deve pur riescire indigesto, venefico e degno di essere evitato a qualunque costo; a costo, per esempio, di affrontare debiti nuovi.

Ora, dico io, tocca all'umanità e alla filosofia del secolo onniveggente a impedire simili sciagure; a non permettere che l'ospitalità diventi inconsapevolmente barbara e micidiale. Ma come si fa? per l'addietro la cosa è sempre camminata nei modi seguenti: o andare al pranzo coll'olio santo in saccoccia, come suol dirsi, cioè a tutto rischio e pericolo di funesti incontri: o dover dimandare all'invitante l'elenco dei commensali, e se ci verrà il tale, e se ci sarà il tale altro, e se mai sia probabile che capiti Cajo, e se mai possa darsi il caso che sopragiunga Sempronio. Ma come si fa per quelli che avrebbero bisogno di chieder conto di mezzo mondo? E poi siffatte indagini, oltre al non essere il più delle volte praticabili per le tante ragioni che ognuno vede da sè, sono anche quasi sempre sconvenienti perchè implicano rivelazioni di sentimenti gelosi, o mettono altri sulla via di studiare e imparare qualche segreta pagina della vostra vita. Quand'io frequentava i pranzi, mi ricordo che nella mia qualità di scrittore un po' rabbiosetto, ero sempre in grande sospensione di animo, per paura d'incontrarmi o in faccie insoffribili a me, o in faccie alle quali fossi insoffribile io: giacchè bisogna poi anche avere la virtù della filantropia, e saper dolersi dei dolori altrui. E fino da quell'epoca io meditai il rimedio che vengo adesso a indicare. Dunque proporrei che quando uno abbia preso la buona risoluzione di dare un pranzo, fissi dapprima tutti coloro che vuol radunare, e poscia li renda vicendevolmente noti con due righe d'invito a ciascuno. «Vi prego a favorirmi nel giorno, ecc.; avremo la compagnia del tale, del tale, ecc.». Chi trova un nome che gli sia insopportabile, si esentua con un pretesto qualunque, e tutto è finito. Mancando alcuni, questo metodo lascerà sempre un bel margine di sostituzioni posteriori nel gran numero di coloro che non valgono la pena di essere annunziati prima, perchè la loro perfetta e garantita nullità li rende incapaci di portare o inspirare avversione a chichessia. Però anche in questo ci vorrà occhio e cautela: giacchè non v'è grado di melensaggine e d'innocenza pecorina che non abiliti un uomo a divenire per lo meno un creditore brutale.

Finalmente, bisogna che mi appaghiate d'un'altra curiosità. I piccoli fanciulli li tenete a tavola in occasione d'invito? su tale proposto intendiamoci chiaro. O questi ragazzetti sono politi, tranquilli, graziosi, e nulla di più naturale e ragionevole quanto radunare a mensa tutte le età della vita e mischiarci alla nostra piccola posterità. Lo studio dell'infanzia è bello, interessantissimo, commovente: nè vedo opportunità migliore d'istituirlo spontaneamente e senza fatica, che nel libero e dimestico conversare del pranzo. Certe osservazioni piene a un tempo d'ingenuità e d'acutezza; alcuni lampi lucidissimi di una ragione ancora inconscia di sè medesima e quasi istintiva; quella povertà di lingua che fa dei più communi vocaboli i più bizzarri e felici traslati, dando al pensiero una forma ineffabilmente originale e poetica; quel primo, debole, incerto manifestarsi di tendenze e caratteri che poi diventeranno pronunciatissimi, immutabili come i lineamenti del volto: tutto ciò per chi ha mente e cuore è miglior pascolo di qualunque più astrusa disquisizione d'arti o di scienze. Pregherò solo i genitori a non farsi mai commentatori, e meno apologisti della tenera prole, perchè v'è rischio di pigliare i più grossolani qui pro quo e rendersi ridicoli. L'incarico di lodare e ammirare i loro figliuoletti lo lascino tutto ai commensali, che per quanto possano peccare di esagerazione, staranno sempre al di sotto del cuore paterno e materno, capace di travedere in una fatua sguajataggine gli indizj d'un genio che darà lustro alla famiglia. Dunque noi vogliamo a tavola la piccola Adelina e il piccolo Enrichetto. La prima sul fine del pranzo verrà a farci la sua bella riverenza col solito avez-vous bien diné? E noi la faremo salire sopra una scranna e la sentiremo a ripetere, con gesti analoghi, il preambolo che declamò nell'ultima solennità alla vicina parochia. Enrichetto poi verrà a confidarci nell'orecchio ch'egli è già molto avanti nello studio dell'abecedario, che adesso non iscrive più le aste, ma le parole, che sa tutte quante le orazioni a memoria, e che a scuola è più bravo di Lorenzino e di Giacomino. Quindi vorrà farci ammirare la piccola machina del vapore e l'ussero a cavallo, doni ricevuti a Natale dalla mamma grande e dalla zia Dorotea.

Ma (seconda parte del dilemma) se i vostri ragazzi sono sporchi, piagnucoloni, testerecci; se hanno il vezzo di allungare le mani sui piatti o di rovesciare i bicchieri sulla tovaglia; se urlano per disputarsi la testa o il culo del cappone: se, agitando le gambe come remi o il cucchiajo come un aspersorio, tengono i vicini di posto in continuo spavento pei loro abiti..., cari amici, farete una gran bella cosa a non lasciarli nemmeno vedere quei diletti bimbi, speranze della patria: perchè non ci vuol meno delle forze riunite del sangue e dell'abitudine a renderli tolerabili. Perciò, nei giorni d'invito fateli pranzare a scuola, o mandateli da qualche parente o vicino di casa; insomma fate in modo che non ci sieno. Che se mai fosse inesorabilmente deciso di farci godere la loro compagnia, almeno abbiate l'avvertenza di non ispargerli tra gli invitati, ma di trincierarli fra persone di famiglia, e sopratutto di abbandonarli a sè stessi, risparmiando i rimproveri e le lezioni di galateo. Che noja a sentire ogni momento il padre e la madre a predicare! Sentite la mamma: «Ehi, Orsolina, abbasso quelle mani dalla testa! giù quei gomiti dalla tavola! dritta quella schiena! ma dove hai imparata la creanza? in un porcile?» Sentite ora il papà: «Signor Carlino, signor Carlino, ho sempre da ripeterlo, che quando parlano i grandi, i piccoli devono tacere, e che a tavola non si cerca mai niente? e sì che lei oggi è a tavola per miracolo, dopo tante impertinenze e golosità commesse in cucina e in dispensa: vergognaccia! bisogna sorvegliarlo come una scimia slegata.» Orsolina si fa di bragia, alza una spalla e poi l'altra e poi tutte e due, inchioda il mento sullo sterno, e fa mille attucci bisbetici e dispettosi: Carlino strilla di confusione e di rabbia: bisogna farli strascinar via frammezzo al più fragoroso crescendo musicale, complicato talvolta da quattro busse e dagli abbajamenti del cane, perchè fino i cani detestano queste scene troppo intime e famigliari. Voi però avrete pienamente giustificato la formola del vostro invito, quando pregaste gli amici di venire in casa vostra a far penitenza.

CAPITOLO QUARTO

Ma è oramai tempo che veniamo al vero ed effettivo pranzo: fin'ora non vi ho pasciuto che di ciarle, le quali possono bensì riescire indigeste, ma non dànno alcun nutrimento. Abbiate dunque pazienza un istante ancora, e poi vi metto a tavola, e staremo allegri. Affinchè i miei consigli non prendano aria di pedanteria didascalica o d'oracoli da cattedra bisogna proprio sedere insieme a mensa, e così dai casi pratici emergerà spontanea la teoria: date casus, dabo leges, come dicea quel gran giurista Andrea Alciato. Oh, appunto; oggi è il 20 febrajo e si va a desinare dall'amico Giorgio che, da quanto ho capito, vuol trattarci in Apolline: benissimo! la tavola dell'amico Giorgio sarà la nostra scuola, il nostro libro. Precedetemi di cinque minuti, e anche annunziatemi, che io vi seguo tosto. Gran libro, vedete, quello della natura e dei fatti! Giovani, che vi date a tentare la carriera delle lettere, per carità di voi stessi non salite sui trampoli dell'idealismo e delle fantasticherie: non fareste che battere la nebbia e i moscherini dell'aria e, ciò che è peggio, scrivereste per voi soli. Ma se bramate colpire gli oggetti reali e palpabili di quaggiù, mettetevi al loro livello, cioè abbasso, abbasso molto, che alla peggio darete nelle gambe. Copiate sempre dal vero: riproducete le vicende e le abitudini più comuni, domestiche, giornaliere della vita, che sono le più interessanti, che offrono ancora allo scrittore immensi campi ricchi e vergini come le grandi foreste d'America: e in questo secolo positivo, osservatore, analizzatore, motteggiatore avrete ben più successo e fama di originalità che colle epopee decrepite e i voli matti della lirica e gli elegiaci piagnistei e altri siffatti narcotici fuori di stagione. Siccome poi la descrizione del vero è per natura sua una satira, perchè nel vero sovrabbondano gli elementi viziosi, ignoranza, leggerezza, vanità, sciocchezza e ridicolo; così non v'è quasi letteratura popolare possibile che non sia eminentemente satirica: ogni altro genere (salvo poche illustri eccezioni) è cantare ai sordi, e non distrae un minuto la società dall'assiduo e faticoso esercizio dei suoi sette peccati capitali.

Spero che mi avrete inteso a discrezione, tanto più che v'ho detto in poche parole quanto dovrebbe svilupparsi in un lungo discorso: e noi adesso abbiamo fame. Sopratutto non mi farete il torto di applicare ciò che dissi ai pranzi, i quali non sono un vizio ma una virtù. E che? mi credereste capace di andare a desinare da un amico per metterlo in canzone? sarebbe il più nero dei tradimenti. Io ci vo per fargli da mentore, per prodigare a Giorgio i consigli della mia esperienza, e così poterlo presentare alla patria degno e perfetto anfitrione).

Manca un quarto d'ora alle cinque: entro in casa dell'amico. «Madama, i miei rispetti: riverisco queste belle signorine: caro Giorgio: signor avvocato, signor canonico, ho l'onore: servo di donna Eufrasia: signor Onofrio, lei ringiovanisce tutti i giorni (complimento pessimo e da bandirsi perchè in sostanza rinfaccia la vecchiezza): che bella ciera ti trovo, maestro! frutto di quel buon appetito da suonatore che è passato in proverbio: ecc.». Le risposte potete imaginarle. Intanto mi avvicino al fuoco e mi lagno della stagione che è fredda assai. Il discorrere del tempo che fa non è cosa frivola e sciocca come pensano alcuni. È un opportunissimo luogo comune quando si è lì come marmotte e non si sa in che modo avviare una ciarla qualunque: massime in un circolo dove non si conoscono bene i sentimenti dei singoli. È uno dei pochissimi discorsi che si possono fare tra noi senza pericolo di compromettere o di compromettersi.... anche in questi tempi di libertà, grazie alle così dette spie, delle quali non v'è penuria mai. Quì però non è il caso, e l'idea si accenna in via affatto generica. E poi è un tema che si accommoda a tutti, perchè delle stagioni tutti se ne intendono e possono metter fuori il loro savio parere. Difatti l'argomento vien afferrato con avidità e la conversazione diventa a un tratto animatissima. Uno dice che gli inverni di Lombardia si vanno facendo sempre più rigidi: soggiugne un altro che diventano anche più lunghi, e che si passa di colpo dal gelare all'ardere e viceversa senza temperature intermedie: cosicchè per molta parte d'Italia anche il bel clima va a classificarsi tra i vanti dei tempi andati. Dai fatti si rimonta alle cause, e Giorgio, appassionato per le grandi teorie cosmo-telluriche, dice che la terra va progressivamente raffreddandosi dai poli all'equatore, e che un giorno si avrà la Siberia nel centro dell'Africa, e che infine gli animali tutti moriranno per mancanza di calorico: parole che fanno impallidir di paura le donne, non escluse le vecchie. Il secretario dà la colpa di questi mali alla distruzione delle foreste, e massime agli improvidi diboscamenti delle montagne, cause anche delle frequenti e rapide innondazioni e di tante altre publiche sciagure prevedute e minacciate fin dal principio del secolo da autorevolissimi scrittori). Ma il signor Onofrio, che sorride e crolla la testa a siffatte idee, proferisce gravemente che il vero e unico motivo delle rovinate stagioni consiste nell'avere spalancato alla furia dei venti freddi quell'orribile finestraccia che si chiama la strada del Sempione, e di fidarsi di lui che lo sa e lo dice da quarant'anni e più.

Il maestro, che nelle sue escursioni artistiche di gioventù capitò fino a Copenaghen a fregare il violino, dichiara essere inutile il fantasticare sulle cause, ma importantissimo il rimediare agli effetti. Che nel nord di Europa, dove si fabrica subordinatamente allo scopo massimo di ripararsi dal freddo, l'inverno lo si vede e nulla più: ma per soffrirne tutti i rigori bisogna venire tra noi dove si fabrica leggiero leggiero come se dovesse essere una perpetua primavera: dove i cristalli doppii alle finestre sono ancora un lusso da grandi signori: dove a parlar di stufe sotterranee diramanti vene calorifere a un'intera casa è come a discorrere dei costumi chinesi: dove con molto peculio si riscalda a stento una stanza, mentre si gela in tutto il resto d'un appartamento: quindi in inverno tanta abbondanza di malattie che si potrebbero evitare, e tanto tripudio della medicina. E lì si scaglia contro alla moderna architettura non avente scopi nè carattere (ripeto le parole del suonatore, io non c'entro), che si becca il cervello e fa sprecar somme enormi in facciate piene di eleganze o frivole o assurde: e bugnati e lesene e frontoni e statue pagane sul tetto (abbasso poi le botteghe da cappellajo e da barbiere) e fregi con arpe e cigni, e perfino con teschi di buoi che inspirano ribrezzo e pajono insegne da macello: e dietro a buaggini e anacronismi così insopportabili si trascurano affatto le supreme esigenze dell'epoca borghese e mercantile, quali sono i comodi interni, i conforti domestici della vita.

Fra queste ciarle mi accorgo che la padrona di casa è inquieta: vorrebbe fare la disinvolta e stare in compagnia, ma va e ritorna ogni minuto: e quando si ferma un istante ha una parolina da dire nell'orecchio della figlia maggiore, e poi un'altra per la seconda: e le figlie fanno da corrieri, e riportano altre paroline secrete alla mamma. Oimè! di che si tratta dunque? s'ha da dare l'assalto a una fortezza? siamo una mano d'amici venuti a godere la vostra compagnia e a mangiare insieme un cappone: e se il cappone sarà duro, tireremo più forte: e se una pietanza si sarà capovolta sui carboni, avremo in compenso un aneddoto e una risata di più. Capisco benissimo che il dare un pranzo è un avvenimento per questa famiglia, una vera giornata campale. Ma appunto bisogna saper imitare i famosi esempj storici di quei sommi capitani che dormirono tranquilli la notte precedente a una battaglia decisiva. Per qualche cosa si scrivono le storie, e per qualche cosa le si fanno imparare anche alle donne. E sapete mo' perchè abbiano potuto dormire quegli illustri condottieri? perchè avevano disposto tutto prima, e non restava più che combattere. Così all'ora che abbiamo, cioè un momento prima di metterci a tavola, le donne devono aver già ordinato tutto: altrimenti sarebbe da applicarsi a loro l'oportet studuisse, riservato a quegli scolari negligenti che cominciano a disporsi agli esami nel giorno di subirli. Sarebbe diverso il caso se alcuno dei convitati, come pur troppo ebbi a vedere nella mia lunga esperienza popolare, fosse tanto indiscreto da venire a seccarvi tre o quattro ore prima della indicata. Allora si ha il diritto di piantarlo là solo, o meglio di consigliargli una lunga passeggiata: perchè il padrone di casa è occupato in cantina, la signora in dispensa, e le figliuole attendono ad apparecchiare la tavola, a disporre i piattini delle paste e dei frutti, ecc. Dunque non dubito che l'ansietà presente dipenda solo dalle ultime ordinazioni del momento, e dal timore che tutto non vada bene a norma del già disposto.

Ma quì è proprio dove bisogna nasconder l'arte coll'arte e affettare la massima tranquillità e indifferenza, come se si trattasse del vostro ordinario di famiglia: e ciò per due ragioni: perchè il mondo è egoista, e perchè esige anche nelle cose di poco rilievo la dissimulazione, arma perpetua e indispensabile della convivenza sociale. Come egoisti, vogliamo che le vostre inquietudini le teniate ben secrete, perchè ci danno tedio se non dolore: e il non voler nemmeno sapere che altri si incomodi per noi, è l'ideale del genere in discorso. Nel nostro caso poi e anche di pieno diritto, perchè noi siamo venuti quì al solo fine di godere. Ma c'è di più: come uomini di mondo avvezzi al continuo bisogno di mascherare gli interni sentimenti, esigiamo la simulazione, la quale sta alla verità come la poesia alla prosa, o meglio come le vesti al nudo, che è facile a figurarsi e sconveniente a vedersi. Per esempio: noi sappiamo benissimo che quella leggiadra sposina, legatasi per interesse a un vecchio stomachevole, sospira ardentemente non dirò la morte del marito, chè sarebbe troppo, ma il giorno di diventare una adorabile vedovella (sono così interessanti le vedovelle!). Il contrario sarebbe niente meno che assurdo. Eppure il dire che ciò sia è maldicenza, è giudizio temerario, e perfino calunnia: vedete un poco dove vanno a ficcar la calunnia! E guai al buon nome della signorina, se non celasse ben bene i proprj sentimenti, dei quali sono tutti persuasi. Anzi, quando giugnerà l'ora fatale, essa sarà per qualche tempo inconsolabile, e poi fortemente rassegnata, e in fine anche felice, sempre per opera del tempo che è un gran balsamo anche per le più crudeli ferite. Così, nel caso presente, è faci-le imaginare che per una famigliola non troppo fornita di persone di servizio e di suppellettili, il dare un pranzo numeroso e di pretensione è un impegno forte e imbarazzante. Ma ve lo siete assunto, e bisogna portarlo con esemplare intrepidezza.

Ripeto che la dissimulazione è poesia, e prosaccia la verità. Per il bisogno di attenersi alla prima la famiglia invitante deve essere tutta sorrisi e cordialità e disinvoltura, e chiamarsi felice di passare, per nostra bontà e degnazione, una sì bella giornata, e manifestare la speranza di potere essere onora-ta altre volte. Ma se leggessimo la prosa dell'animo intimo, Dio sa quali diavolerie salterebbero fuori! Non è improbabile, a cagion d'esempio, che la padrona di casa pensi: «Quella bestia di mio marito! vuol grandezzare per vanità, e mettersi a paro coi signori per rendersi ridicolo: e alle povere donne toccano i fastidii; smagazzinare e capovolgere tutta la casa, e lavorar tre o quattro giorni tra prima e dopo: a che pro? per consumare in due ore quanto basta a vivere due settimane: e sciupare il fatto nostro per dei parassiti che non ci servono a nulla. Avesse almeno lasciato fuori quella figura antipatica di N.! ma no: se c'è un soggetto equivoco e mal capitato, Giorgio ha il talento di tirarselo in casa pe' capegli.» Amici, questa prosa è spaventevole, e pur molto verosimile. Or dunque, se siamo soliti a passare la vita ingannando e illudendo perfino noi stessi, non faremo almeno altrettanto riguardo al caro prossimo? Sì, la dissimulazione, celando mille disgustose verità, è la virtù massima dell'incivilimento, e la sua vera arte poetica che riesce a comodo e vantaggio universale. Oh, non c'è tanto da ridere quando leggiamo in Molière di quello sciocco che si meravigliava di aver sempre parlato in prosa senza saperlo: anche noi, senza avvedercene, parliamo quasi sempre in poesia. Il mondo è un teatro, e la vita è una lunga comedia, quando non è corta: noi tutti ora siamo spettatori, e pretendiamo divertirci ed essere perfettamente illusi; ora siamo attori, e dobbiamo rendere con arte somma il carattere che ci tocca o che ci scegliemmo a rappresentare; altrimenti la platea fischia.

Anche Giorgio è inquieto: guarda l'orologio sul caminetto, e poi l'oriuolo da tasca, e poi ancora l'orologio. «Che cosa hai, Giorgio? — Sono già le cinque e mezza, e manca ancora il dottore. — Ebbene, se la tavola è pronta, pranziamo: una mezz'ora di aspettazione è anche troppo, in regola generale, per chichessia: quì poi non si tratta che di un dottore, ed egli stesso non vorrebbe, secondo la sua scienza, che tanta brava gente patisse i languori di stomaco per eccesso di riguardi.» Il diritto di arrivare un'ora dopo dell'indicata, quando il pranzo è già a un terzo del proprio corso, non è concesso che ad uomini di celebrità sterminata, enti eccezionali, angioli, demonii, meteore, comete; per esempio, Byron, Liszt e altri consimili vagabondi immortali. Questi idoli del secolo mirano in tutto agli effetti da scena, e li attendono dalla nostra bontà, che è immensa essa pure. Quel giugnere desiderati a lungo, e quando già si aveva disperato di possederli; quelle venti bocche che si arrestano dal mangiare, e quei venti cuori che battono con più di frequenza, e quei venti paja d'occhi che si affissano sul Genio trasognato, e quel bisbigliare sommesso e rispettoso; tutto ciò è abbastanza piccante perchè valga la pena di procurarsi e procurare siffatte emozioni. E nella stessa sera pei caffè, per i palchetti dei teatri, per le conversazioni si sparge la notizia che al pranzo del marchese A il famoso O (che è sempre un forestiere con un nome esotico) aspettato per più di un'ora, arrivò alle sette e diciotto minuti, dopo il manzo. E tutti inarcano le ciglia. Ma per farsi lecite queste cose grandi, bisogna portare dei nomi grandi. Se in cambio di Liszt o di Byron) voi siete semplicemente il signor Taddeo, o il signor Bartolomeo, non vi aquisterete altra fama che di villano indiscreto, o forse nemmen tanto, perchè nessuno rimarcherà la vostra assenza o il vostro arrivo.

Giorgio, poichè vuol attendere ancora un momento a riguardo del dottore, andiamo io e tu a dare un'occhiatina alla tavola.... eccoci. Bene questa stuoja, e ottimamente questa stufa, che difunde un tepore delizioso. Nella mia lunga esperienza mi è occorso di trovarmi a qualche pranzo, dove si avrebbe dovuto stare in clacche, tabarro e cappello, e anche coll'ombrello spiegato, non dirò sopra la testa, ma dietro le spalle, per ripararsi dai colpi di vento che irrompeva nella sala a ogni aprir d'uscio. Forse col permettere questi disagi, gli ospiti sagaci intendevano darci una eloquente lezione di filosofia morale, ricordandoci che anche in mezzo ai piaceri l'uomo è essenzialmente nato per patire.

«Eh, dico, Giorgio! che significano quelle cartoline distribuite su tutti i coperti? la destinazione dei posti, eh? — Appunto. — Perdona, mio caro, ma questa usanza mi sembra alquanto gretta, e non ti accadrà mai di vederla tra quelle famiglie che dettano le leggi del buon gusto. Implica l'idea di una certa importanza che si vuol dare al vario grado di merito dei convitati, e ciò non va bene. Avendo tra gli ospiti alcune persone degne di speciali riguardi, le s'invitano con disinvoltura a sedere a quei due o tre posti che, secondo la forma della tavola o altre circostanze locali, appaiono i più onorevoli. Tutti gli altri lasciamoli distribuirsi a loro beneplacito. Mi imagino poi che nella destinazione dei posti avrai mirato allo scopo essenziale di alternare uomini e donne il più che si possa. — Certo, questa è la mira principale. — Capisco: pare quasi che si voglia farla in barba alla dottrina cristiana, dove si separano i sessi perfino colle tende: ed è superfluo l'aggiugnere che altra studiosa cura è quella di allontanare più che sia possibile il marito dalla moglie, la madre dalla figlia: e di metter vicini quì un pajo d'amanti già constatati, là due persone che offrano la probabilità di divenir tali. Caro Giorgio, le sono tutte corbellerie di genere abbastanza rancido, che per solito non conducono a nulla di buono. Certamente che la noja o il piacere d'un pranzo diminuisce o cresce assai dall'avere vicino un individuo antipatico o prediletto; ma chi può mai presumere di cogliere giusto nella secreta, complicata, capricciosa e variabile facenda delle simpatie e delle antipatie? Forse quei due che ordinariamente si trovano anche troppo vicini, oggi avranno il ghiribizzo di tenersi l'un l'altro alla maggiore distanza che loro la tavola permetta: lasciali fare. Quell'altro mo' e quell'altra che per commune opinione si schivano a tutto potere, oggi, vedi stravaganza! capiteranno vicini a caso, forse per darsi reciprocamente alcune spiegazioni: vorrai tu impedirneli? Insomma, queste attrazioni e ripulsioni umane sono veri problemi di chimica, e qui si tratterebbe di chimica animale, che è una scienza ancor molto bambina: lasciamo dunque fare alla natura che l'ha esercitata da tutti i secoli, e quindi deve intendersene assai più di noi. Perciò leva tosto quelle cartoline, e ognuno sieda presso a chi vuole, che sarà meglio così. E, per esempio, chi avevi tu destinato di mettermi alle costole? — Donna Eufrasia e la moglie del signor Onofrio. — Ah birbone! trattarmi da giubilato in questo modo! fortuna che a tavola io non vedo sessi, ma solamente piatti. Credo poi anche che quelle due anticaglie si detestino al mag-gior segno: quanto sarebbe compromessa la mia imparzialità! No, no, voglio avere da un lato te, per seccarti co' miei consigli di filosofia gastronomica, e dall'altro una delle tue figlie che almeno non dirà sciocchezze e, in cambio di voler essere servita da me, starà attenta a non lasciarmi mancare di nulla.

Del resto, mi congratulo che la tavola è ben disposta e ornata, e sopratutto che ci staremo commodi e con sufficiente spazio per muoverci e manovrare delle braccia. Lo sconcio di far servire una tavola per un numero maggiore di persone che non si possa senza disagio, è grave e pur troppo assai frequente: anzi, mi ricordo di averne mosso lagnanza, sono già molti anni, in qualch'una delle mie opere passate; credo precisamente nella Prefazione delle mie opere future; ma il disordine continua, come se io non avessi mai fatto gemere i torchi. È destino dei libri buoni di non essere ascoltati mai. Il pubblico è così avvezzo a leggere teorie oscure e imbrogliate, sopra temi che non hanno nulla a che fare colla vita reale, che, quando gli vengono sott'occhi precetti sinceri, facili, evidenti e di giornaliera applicazione, crede perfino che l'autore buffoneggi, lo chiama umorista, piglia in riso le più savie ammonizioni, e seguita a diportarsi sceleratamente. Vi sarà una tavola che, tirata alla sua massima estensibilità, può ragionevolmente servire a sedici persone; e si vuol già mettercene intorno diciotto; via! per amore del prossimo ci ingegneremo a starci. Sopraggiungono altri due inattesi: che s'ha da fare in questo caso? ilico et immediate apparecchiare una piccola tavola di soccorso, vera tavola di salvamento per tutti e venti, giacchè accoglierà non due ma quattro persone, a sollievo della mensa maggiore. Ma per solito non si fa nulla di ciò: bensì si continua a stringere le file già troppo fitte della tavola: per dare così a tutti un vero saggio di tortura, e sciogliere un problema di fisica sull'ultimo grado possibile di coercibilità del corpo umano. Per giugnere a così deplorabile risultato, partono dal dato fallacissimo che, mettendo intorno alla tavola venti scranne bene unite e serrate, vi stanno tutte: quasichè una persona di oneste dimensioni, non debordi dalle meschine seggiole moderne delle nostre camere: e quasichè, anche non debordando, si possa far senza di un certo spazio tra l'uno e l'altro per distaccare i gomiti dalle costole. Che se fra i commensali vi sono donne fornite di molto sentimento e uomini consunti al par di me, si finisce a levarsi da tavola storpiati, coll'asma e coi crampi. Io, quando prevedeva siffatte angustie, teneva il sistema di collocarmi a un angolo della tavola in modo da aver disimpegnata almeno la destra: ma ciò non si può far sempre, e non dimenticherò mai di essermi una volta trovato così stretto e compresso fra due signore, che dovetti schizzar fuori dalla fila, mandando indietro due spanne la mia sedia, e tenendomi lontano dalla tavola, per modo da non parer quasi che vi partecipassi. Quando volevo allungare la destra sulla tavola, biso-gnava che mi mettessi in profilo sul lato sinistro, e viceversa quando innoltrava la sinistra. Se poi oc-correva di allungare ambedue le braccia, mi toccava di attortigliarle, come fanno le mosche quando si fregano le zampine una sull'altra. Per colmo di sciagura, una delle due signore, fra le quali, cioè dietro le quali, mi trovava, mi tenne certi proposti di estetica trascendentale, da farmi venire i sudori freddi. Giunse a dirmi che le parve sempre cosa strana e inconcepibile come a questo mondo si deb-ba aprire la bocca per quella trivialità tanto prosaica del mangiare e bere. A sì orrenda bestemmia del sentimentalismo contro la providenza (che per lo stimolo dei supremi piaceri ci obliga al soddisfaci-mento dei supremi bisogni) la risposta mi corse fin sulla punta della lingua: ma, trattandosi di bel sesso, la contenni, e mi limitai a questa osservazione: «Sarà benissimo come ella dice, donna Lucin-da: ma il peggio si è che almeno questa poca trivialità, giacchè bisogna pur farla, vorrei farla bene, e non posso perchè siamo qui stivati e calcati come le sardelle in un barile.»

Un moderno filosofo nell'opera: Les classiques de la table, ci dice chiaro e netto: calculez sa lon-gueur (de la table) de manière à laisser une place de 24 pouces à chaque convive. Ora, ventiquattro pollici corrispondono a sessantacinque centimetri, ossia oncie tredici milanesi. Non c'è da ridere: si spende il calcolo sublime per molte curiosità astronomiche che non servono nemmeno a fare il luna-rio, e non si esporrà il ragguaglio delle misure per sedere commodi a pranzo? credo che in ciò mi da-rebbe ragione perfino donna Lucinda, a cui dovetti quella volta comprimere tanto il sentimento. Dunque tredici oncie di spazio per testa. Se poi è vero che le scienze hanno sempre da progredire, e che ogni nuovo trattato deve allargare le conquiste degli antecedenti, sarei quasi inclinato a diman-dare un'oncia di più ma non voglio soverchiare quel pensatore illustre: stiamo quindi alla di lui misu-ra, dalla quale però non s'abbia a demordere una linea, almeno quando si tratta di uomini di molto peso e di donne grosse o vestite a vapore. E se trovate che le famiglie sieno ancora incorreggibili so-pra un punto così essenziale, vi consiglio a recarvi ai pranzi muniti di quel braccio snodato che ten-gono sempre in tasca gli assistenti di fabrica e i muratori. Giunti alla tavola, e vedendo di doverci stare oppressi, cavatelo, misurate, e reclamate senza remissione il pieno godimento delle vostre tredi-ci oncie che vi toccano di stretto diritto, e come la legitima, a termini del codice sullodato, e del mio.

Ora ritorniamo fra gli amici; ecco che arriva il dottore. «Dimando mille perdoni a questa bella com-pagnia del mio ritardo involontario. — Bravo dottore, non si aspettava che te: hai avuto qualche visi-ta d'impegno, eh? — Sì, da una contessina che mi volle presso al suo letto finchè fosse passata l'ora del parossismo nervoso. — Giorgio, non credergli, veh! — Sei pur maligno: non potrebbe essere ve-ro? — Nemmeno per sogno: ti pare che abbia una ciera da curar contessine? vogliono essere altre faccie; ed è un bel chè se gli lasciano toccare il polso al guattero o allo stalliere. — Ah dottoraccio (per distinguerti dal dottore), aveva ben ragione quella dama che ti chiamava una gran lingua d'inferno!»

Signori, la tavola è pronta. — Tutti si alzano, ma nessuno s'incammina, e formano un gran semicer-chio intorno all'uscita: «Donna Eufrasia, favorisca. — Signor canonico, a lei. — Oh, io sono di casa. — Avanti lei. — No, davvero. — Prego. — Non facciamo cerimonie. — So il mio dovere. — Ani-mo, animo, prima il bel sesso. — Oh, si figuri, avanti lei. — Io resto sempre l'ultimo. — A lei. — Non mi muovo. — A lei. — Faccia grazia. — Non s'incommodi. — Oh anzi. — ecc. ecc.». Questa stolta gara a chi passa dopo gli altri... (Vedete un poco l'ipocrisia umana: per passare da un uscio a un minuto secondo di differenza, ognuno si fa modesto e si dichiara da meno di tutto il mondo; ma se si trattasse appena di una piccola carica, di una promozione da guadagnar quattro soldi di più, o da ottenere un soldo di più di considerazione sociale, ditelo voi che furia di concorrenza a chi arriva prima, che raccomandazioni, che suppliche, che mostre pompose dei proprj meriti; e talvolta che raggiri, che denigrazioni contro i rivali, che infame giuoco di denunzie anonime e di calunnie: oh allora si calpesta sotto ai piedi e coscienza e amici e parenti per passargli avanti!). Dunque questa stolta gara a chi passa dopo degli altri, e questo profluvio di stolte parole fu sempre, è, e sarà in uso chi sa fino a quando: nè io ecciterò nessuno a singolarizzarsi prescindendone, dacchè è ammesso dalla generalità che siffatti modi nojosi rappresentino la buona educazione e la gentilezza. Solo vorrei pregarvi di un favore, che cessiate una volta di farvi beffe dei pastorelli arcadi, perchè non finiscano mai di scrivere le stesse sciocchezze; il mondo non è forse altretanto incorreggibile nel ripetere sempre e poi sempre le medesime goffaggini e scimiotterie? A me pare che, salvo poche eccezioni, tutto il mondo sia una vasta Arcadia, e il genere umano un immenso gregge di pecorelle e di pecoroni.

Nelle case dei grandi signori, quando si passa dalla sala di conversazione a quella del pranzo, si procede così: all'annunzio che la tavola è pronta, tutti si alzano: il padrone di casa offre il braccio alla digniore delle dame invitate: il digniore dei cavalieri invitati offre il braccio alla padrona di casa: e così da digniori in semplicemente degni fin che ci sono cavalieri e dame; il tutto con certo ordine e con certe regole destramente osservate, sulle quali è superfluo illuminare il popolo. Dopo segue alla rinfusa e senza smorfie la gente anonima, l'avvocato, il ragioniere, il medico, il prete di casa, e se c'è di peggio: persone tutte che corrisponderebbero presso a poco alle ombre delle antiche cene romane. Ed è proprio una consolazione a vedere come queste creature in sì distinte occasioni sappiano diportarsi bene. Capiscono che sono là per favore, che bisogna osservare e imparare, lasciar fare e obbedire. Perciò non alzano mai la voce; si lasciano servire quando viene la loro volta; non istorpiano di cortesie i vicini di posto; insomma, la loro officiosità è passiva, riserbata, umile, come quella dell'Azzeccagarbugli alla mensa di don Rodrigo. Ma quando si trovano nel loro elemento naturale, fra il popolo, dimentichi affatto di quelle sublimi lezioni, ritornano agli istinti della propria specie, e riescono d'una clamorosità così assordante, d'una così opprimente gentilezza, d'una cordialità tanto vessatoria, che sono capaci di sgridare da un capo all'altro della tavola o la signora tale perchè non mangia come un omaccio, o il signor tal altro perchè non beve un bicchiere di vino ogni minuto.

CAPITOLO QUINTO

Oh, finalmente siamo seduti a tavola. Cari amici, v'ho fatto venire la fame un po' lunga, eh? ma si mangerà con tanto più di appetito. C'era un profluvio di temi a trattare; e poi il pranzar tardi è sempre, come vi ho già detto, una cosa di genere nobile, elevato. «Ehi, Giorgio? perchè non hai fatto portare i lumi? — Ci si vede ancora mediocremente. — Oibò, quel mediocremente! S'ha da vederci benissimo e moltissimo. Poco dopo la minestra saremo al bujo, e questa meschina e melanconica luce di crepuscolo sarebbe appena tollerabile se fossimo alle frutta; non mai quando si comincia. Mi è capitato varie volte di trovarmi via a pranzare, e non veder più cosa mangiassi: è una oppressione di cuore da diventare idrofobi dalla rabbia; e si pensa: — Come mai questi birboni sono così ottenebrati d'intelletto da non capire che la luce è la vita, e che perfino le bestie ne sono avide e ne gioiscono? — Quì non è ancora il caso; ma lo sarà prima d'un quarto d'ora. E poi, quell'entrare nella sala da pranzo e trovare addirittura una bella luce artificiale, è una delle poche gioje del tetro inverno. È un subitaneo e consolante distacco dalla neve, dalla nebbia, dalle nubi, da tutte le miserie del mondo esteriore: e rassomiglia alla felicità di quei beati che morendo volano subito in paradiso senza passare per le pene del purgatorio. Molti, per procurarsi questo piacere, ritardano espressamente l'ora della tavola; e alcuni, che non hanno tanta flemma, anticipano la sera chiudendo le imposte. E fanno benissimo; e li loda anche il Petrarca che scrisse per loro il famoso verso: Gente a cui si fa notte innanzi sera. Dunque, fiat lux! la più bella parola della bellissima creazione.»

«Eh, dico, Giorgio, che cosa contengono quei due gran piatti che girano uno a destra, l'altro a sinistra? — È un po' di salato per aguzzare l'appetito. — Di fatti ora vedo: salame crudo, salame cotto, lingua affumicata, spalletta, prosciutto.... oh che fraganza, è una delizia! dopo poi verrà la frittura, e dopo il lesso, e dopo la minestra; dico bene? — Precisamente. — Ma bravo! se diventerò principe, ti prometto il posto di fattore in alcuno de' miei possessi: perchè, non andare in collera, caro Giorgio, ma quest'ordine di pasto non è più permesso che nei villaggi, e tra quelle famiglie che mangiano in cucina. Sappi adunque che, per massima affatto elementare e vera regola d'abicì, il pranzo deve cominciare sempre e poi sempre dalla minestra: e il volerla servire dopo una o più vivande riesce per gl'intelligenti uno sconcio, come sarebbe a vedere una dama al passeggio non seguita ma preceduta dalle proprie livree. Nè occorre indagare se un precetto così assoluto s'appoggi a valide ragioni: si usa così. Perchè una tragedia deve avere cinque atti, nè più nè meno? la ragione principale, se non l'unica, sta in ciò, che tutti gli autori classici si attennero a quella cifra. E così ti dico che tutte le case classiche e che fanno testo (superba questa mortatella!) cominciano il pranzo dalla minestra, come s'incominciano le orazioni dal farsi il segno della croce: e chi fa in modo diverso è gente che mangia, ma non sa mangiare. Questo argomento, desunto dall'autorità, ti confesso che per me è di un gran peso, quando si tratta di signori a tavola: perchè è proprio là che sono grandi e superiori ad ogni critica: a segno tale che, accadendomi di vedere alle loro mense qualche usanza strana e inconcepibile, l'attribuisco umilmente alla pochezza del mio ingegno non abbastanza nudrito di forti studii su queste materie interessanti.»

Però, quando si volesse spingere l'indagine filosofica a rintracciar le cause intrinseche di questo uso, direi: che, accingendoci a un forte pasto dopo molte ore di digiuno, qualche cosa di leggiero e brodoso è indicatissimo per disporre lo stomaco e lubricare le prime vie: come è bene dar l'unto alle ruote d'una carrozza quando s'intraprende un viaggio. Soggiugnerei che i ragazzi mangiano volontieri le pietanze dopo la minestra, ma non vogliono più saperne di minestra quando le hanno fatto precedere alcuna pietanza: nel qual caso bisogna forzarli a furia di stolte fanfaluche: e che la pappa è quella che li fa diventar grandi, e che a non mangiarla verrà lo spazzacamino a portarli via nel sacco della fuliggine, ecc. ecc. Insomma, affamati gustano la minestra, e semisazii la detestano. Nota bene questa idea, giacchè è una rivelazione per noi, e una prova di ciò che ora voglio dire. Non crederai già che io citi i ragazzi, perchè mi prema assai di loro quando siamo a tavola; no. Ai fanciulli i ninnoli e i baloc-chi; l'arte di ben mangiare è per noi adulti che abbisogniamo di essere educati ai piaceri e di raffinare i gusti. L'esempio dei fanciulli è di gran valore, perchè agiscono secondo natura e istinto, e perciò riconfermano molte verità dalle quali ci lasciamo sviare per falsi raziocinii e abitudini strambe. A ca-gion d'esempio: l'infanzia, rifiutando qualunque vivanda durante il corso d'una malattia febrile, dà una bella lezione di medicina pratica a quei tanti che hanno paura di troppo indebolirsi col digiuno, e mangiano non per bisogno ma per progetto. Dunque la verità presente è: che la minestra, per quanto buona e appetibile a ventricolo vuoto, non solletica abbastanza uno stomaco occupato e un palato su cui già passarono più maschi sapori. È come l'esordio di una predica che, per quanto bello ed eloquente, ha una intonazione blanda, tranquilla; prenuncia le argomentazioni, ma non le sviluppa; dispone gli affetti, ma non li move per anco: perciò va bene in principio, ma riescirebbe freddo e fiacco porgendolo dopo la dialettica ardente e i periodi furiosi. Sì, la minestra è l'esordio del pranzo.

Su questo tema io sostenni a tavola le più trionfali polemiche: e non dimenticherò mai che un famoso basso-comico, forte dell'esperienza acquistata ne' suoi viaggi, credette darmi il colpo di grazia asserendo che in varie capitali d'Europa, alle mense dei signori si servono più vivande prima della minestra. Ma io coll'ajuto della ragione pura ho fatto precipitare quella tremenda objezione, come il colosso dai piedi di creta. (Ah Giorgio, questo prosciutto è di una bontà irresistibile! ritornami quel piatto, chè voglio dirgli un'altra parolina). E gli risposi, che per noi l'argomento non valeva, perchè riferivasi a climi diversi, a diverse razze di uomini, fors'anche a diversi generi di minestra: che secondo il variare di queste circostanze variano anche i costumi dei popoli; che, per esempio, ogni nazione ha una politica propria, e una letteratura a sè, e un suo sistema di filosofia; e che per noi Italiani la nostra letteratura e la filosofia nostra, e perfino la nostra politica, stanno in ciò che.... che insomma a tavola per prima cosa si mangia la minestra.

Però ammetto la possibilità di qualche rara eccezione, motivata da cause straordinarie; e, per accennarne una sola, dirò che d'autunno in villeggiatura, quando si protrae il pranzo fino a sera, accade talvolta di ritornare un po' tardi da una lunga trottata allora, colpiti da una fame fulminante, ci precipitiamo nella sala da pranzo senza esservi chiamati, e intanto che bolle la minestra si ordina che il cuoco mandi subito per carità qualche cosa o cruda o cotta, la prima che gli capita per le mani, altrimenti nasce pericolo di consumare tutta la provigione del pane prima di cominciare il pranzo. Ma, replico, sono strane eccezioni, casi di anarchia, poco meno che di assalto e di barricate.... (ve ne risovvenite, eh? poveri noi!) ed è appunto in tali circostanze che le ordinarie leggi non hanno più vigore.

«A proposito, che cosa ci dai oggi per minestra? — Se te lo dico, tremo d'una tua fierissima confutazione. — Via, parla; già dobbiamo saperlo a momenti: vedrò di usare indulgenza. — Ti do una minestra di risi, cavoli e fagiuoli, con un pochettino di sedano e carote, brodo superbo di manzo e cappone, una buona pestata di lardo, e quattro fettine di cotica di majale. — Ah Giorgio, mi hai toccato il cuore! senti: tu puoi fallare perchè manchi di una esperienza di genere distinto, ma in fondo hai ottime disposizioni, e io spero di farne un uomo. Ciò che tu mi descrivesti timidamente e in aspettazione di un rimprovero, è nientemeno che la galba per eccellenza del nostro buon popolo milanese, la minestra delle minestre, che noi perciò onoriamo col nome energico di minestrone, del quale beato chi può cibarne alla sera, così in piedi, una scodella fredda, se anche fosse reduce dalla mensa di Epulone: giacchè per certe vivande un posticino si trova sempre. E la si mangia dopo averla direi quasi vangata col cucchiajo che vi resta dentro confitto come la zappa in fertile terreno inumidito appena da un po' di pioggia. Delizie ineffabili, riservate ai ventricoli omerici della gente alla buona, e sconosciute perfino ai monarchi: i quali d'altronde, colla corona in capo o lo scettro in mano, devono pur fare dei grandi sacrificii di gola, non potendo mai discendere a dare un'occhiatina in dispensa: oh, non vorrei essere un re! E ci vuol proprio il condimento speciale del lardo: e fo questo rimarco perchè molti aristocratici, e anche taluni plebei rifatti, per affettazione di gusto schizzinoso, inorridiscono al solo sentirne parlare: povera gente! Dillo tu, Giorgio, che hai tanto buon senso nella minestra, come si possa mangiar fagiuoli e cavoli senza lardo: e la nostra famosa verzata lombarda, consolazione e ristoro delle lunghe serate invernali, è possibile imaginarsela senza lardo? Sarebbe come figurarsi un marchese senza stemma, un usurajo senza crudeltà, un vescovo senza prebenda, che finirebbe ad essere un vescovo in partibus, cioè privo delle parti più essenziali, il vescovado e la mensa. Così la verzata senza lardo e senza cotica di majale. Le buone minestre io le divido in due grandi categorie: minestra nobile o del cuoco, minestra plebea o della serva. La prima più dottamente artificiale, confezionata con sughi delicati e leggieri, mi renderebbe l'idea di una bellezza sfumata, aerea, di una silfide d'Albione, dai capelli dorati, dalle pupille cerulee, dalla pelle alabastrina. La seconda, più naturale, composta di elementi primitivi e sinceri, è una bellezza meridionale, robusta, dalle tinte vermiglie, dalle forme tondeggianti, dagli occhioni neri che ti incendiano con uno sguardo. La minestra nobile (vedi sapienza pratica!) siccome suol precedere a un forte pasto, è una cosa leggiera leggiera, e si serve in poca quantità: perciò la dissi esordio d'una lunga predica. Ma la plebea è assai più sostanziosa e sapida, e se ne mette in tavola una grande marmitta, perchè suol essere per sè stessa base integrante del pranzo, e già ne contiene molte parti quasi in embrione, coi suoi molteplici elementi: talchè la chiamerò una brillante sinfonia d'opera buffa, che vi accenna e abbozza i principali motivi che avranno più ampio sviluppo nello spartito. Io ti confesso che in questo argomento sono democratico radicale: amo di quando in quando, a titolo di varietà, la minestra nobile, anche per giudicare l'abilità di un cuoco: ma il mio cuore piega alla plebea: è il sangue che parla. Dico però che una minestra plebea messa in capo a un pranzo aristocratico sarebbe un felicissimo innesto, la migliore fusione di opposti principii che il moderno incivilimento potesse mai ottenere.

Finalmente compajono i lumi: lode al cielo, perchè si cominciava proprio ad essere colpiti dal flagello delle tenebre. Spero d'ingannarmi.... no, no: è sego; numero sei candele di sego! e ciò nel secolo dell'olio purificato e delle magnifiche lucerne, del gaz, dell'idrogene liquido, della stearina, senza parlare della classica e sempre rispettabile cera! Giorgio, si fa da senno o si minchiona? Il sego fa stoppino e fa untume: bisogna che un servo ogni momento disturbi e sposti i commensali per ispingersi avanti a smoccolare. Spesso la smoccolatura casca sulla tovaglia; se estinta, l'insudicia; se accesa, l'abbrucia e manda fumo fetente. L'uso del lurido sego è appena permesso a chi ha bisogno di pranzar frequentemente in casa altrui: ma tu chiamato dalla fortuna ad aprir conviti in casa tua, oibò! è una ingratitudine alla providenza, ai progressi della fisica, della chimica, della mecanica: è un rinegare le scienze e le arti tutte con un solo atto di grettezza. Per carità, non commettere mai più sì grossi anacronismi, appena perdonabili a quei vecchi malcontenti che sono nemici sistematici d'ogni utile scoperta, e che a dispetto della strada ferrata viaggerebbero ancora da Milano a Como in una vettu-raccia, arrestandosi un pajo d'ore, pel riposo dei ronzini, fra le delizie di Barlassina.

Tornando dunque al discorso di prima, dico (e attento bene, perchè io porto la fiaccola della sana cri-tica sopra argomenti non ancora esplorati dalla filosofia), dico che quando mai fosse lecito dare la minestra dopo altre vivande, per primo piatto non sarebbe mai a dare il salame, come hai fatto tu. Non già, vedi, che io rifiuti il debito omaggio a siffatte carni, mainò! Stimo altamente il majale sopra la maggior parte delle bestie; perchè antepongo sempre la bontà alla bellezza e all'ingegno; e so be-nissimo che, sia qualità di pastura, sia influenza di clima, sia merito dei nostri bottegai, il majale tro-va in Italia, e specialmente nella parte settentrionale, la sua più degna e gloriosa morte, poichè n'esce fuori in commercio a deliziare i ghiotti palati sotto i famosi nomi di zampetti, di mortadelle, di code-ghini, di salsiccie, di salsiccioni, ecc. Anzi, io tengo per fermo che quando Lamartine ebbe a scrivere che l'Italia è la terra dei morti, intendesse parlare di questo genere di cadaveri, e dettasse sotto l'influenza di un chilo di salame di fegato, onde gli cadde il più vero e sublime concetto delle sue poetiche meditazioni. Nè so capire come per questo egli sia stato perseguitato barbaramente con la penna, e perfino con la spada. Al contrario, sarebbe il caso di offerirgli un dono nazionale per impul-so spontaneo delle città che più si pregiano di quei morti prelibati. Modena dovrebbe spedirgli un pa-jo de' suoi zamponi; Bologna alcune mortadelle; qualche campione del suo salame crudo Verona; Milano due grossi salami cotti, di quei che si chiamano di testa, e che perciò sembrano più adatti ai Genii; e Monza qualche auna della sua salsiccia fina, per incoronare a più giri la fronte gloriosa del poeta delle armonie).

Detto ciò per dimostrare in che sublime concetto debba tenersi ogni genere di salami, soggiungo che a motivo appunto della sua squisitezza il salato non deve essere servito pel primo, perchè c'è l'inconveniente di mangiarne troppo. Se si trattasse di darlo in poca dose, come si fa alle tavole si-gnorili, dove non ci si fa sopra fondamento, la cosa logicamente potrebbe camminare, quantunque non si usi: ma in tanta quantità e varietà riesce una vera insidia. Si va a tavola muniti, come è natura-le, di molta fame per far onore all'ospitalità, ond'è che ci avventiamo con un certo ardore sulla prima preda che ci si presenta: ma questa è singolarmente appetitosa, e quelle amabili gradazioni di rosso vivo, pallido, venato, screziato, e quelle molteplici fragranze reclamano tutte i loro diritti: bisogna as-saggiare una fetta di questo, una di quello, una d'un terzo genere, una di un quarto; trovato quello che meglio solletica il proprio gusto, lo si sceglie, e si va già in seconda; molti vanno in terza, e anche peggio ad una tavola di confidenza, massime se si tarda alquanto a servire altre vivande: e così chi non porta intorno uno stomaco di commendevole capacità, s'accorge con dispiacere d'aver già con-sumato molto della facoltà mangiativa, di avere semi-desinato a pranzo appena iniziato; anzi, a rigore di termini, prima di cominciare il pranzo: perchè questo consta di piatti, e dai più si nega che il salato sia un piatto. E hanno ragione; mentrechè piatto o pietanza non può essere che una cosa preparata, comunque, in cucina. Diremo piatto un salato servito caldo, con verdura: ma non si potrà in buona coscienza chiamar tale una cosa fredda e sfettata che si compera come sta dal bottegajo nel ritornare dall'ufficio, e che si porta a casa in saccoccia. E ciò ti serva di regola, caro Giorgio: che se mai tu di-cessi che a un dato pranzo ci furono sei piatti, e comprendessi il salato, la sarebbe una bugia, e non di quelle del genere giocoso, perchè detta sul serio, perchè non farebbe ridere nessuno, perchè in queste cose non vedo che si debba scherzare.

Occorrendo che alcuni amici ti caschino inaspettatamente sulle braccia da satollare, e che l'ora del pranzo sia imminente, e la cucina mal provvista, ed il modo di proveder la impossibile, per esempio in campagna isolata; oh, allora ti consiglio d'ingozzarli ben bene in principio con una formidabile mar-mitta di riso in cagnone e una enorme portata di salato; affinchè questa grossa avanguardia supplisca alla sottigliezza dell'esercito: e così se non avranno pranzato bene (che non sarà tua colpa), almeno partiranno sfamati. Ma oggi che hai le casserole in orgasmo e che noi vogliamo riserbarci pei piatti della festa, questo metterci quì per un buon quarto d'ora a logorare le nostre facoltà con pane e sa-lame, non ha senso comune: come si farà poi a rendere il debito onore al cuoco? Vedi un po' quì: io ciarlando ho già fatto sparire due soldi di pane o tre, salvo il vero, e si comincia appena: è un tra-dimento! non dico per me, che non mi lascio atterrire per così poco, e quando mi accingo a questi viaggi non conto le miglia; ma bisogna farsi coscienza per coloro che sono deboli di garretti e dopo una corsetta allegra non sanno più proseguire.

Tu ora vorrai sapere quale sia il tempo più opportuno per servire il salato. Ti dico dunque che il sala-me rassomiglia un poco ai Greci che per Ausoniæ fines sine lege vagantur. Non c'è regola fissa: in-tanto non è del buon genere il darlo in principio, quantunque io sia pronto a chiudere un occhio su di ciò, semprechè lo si serva in poca quantità, e che subentri subito un'altra portata, insomma che non si lasci lì una rispettabile comitiva per tanto tempo a tapezzarsi le viscere di fette e fettine e fettacce di majale freddo. Alcuni lo danno a metà circa del pranzo; altri l'abbandonano al caso, cioè al capriccio del primo che propone di servirsene, e perciò lo collocano tra i piattini di guarnizione (burro, acciu-ghe, mostarda, peperoni, ecc.), il cui complesso chiamasi dai Francesi hors-d'œuvre, e che la barbara lingua degli osti giunse a tradurre in ordovo. Ma la sua più natural destinazione sarebbe quella di fare direi quasi l'ufficio che spetta nelle battaglie all'artiglieria volante: la quale corre a norma del biso-gno sui punti più mal difesi. Dove il servizio langue per ritardo e si resti lì a guardarsi in viso in at-tenzione di qualche vivanda, allora per fuggire l'ozio detestabile si serva il salato. Ma per aprirti pro-prio su questo tema tutti i secreti del mio pensiero, voglio dirtene ancora un'altra e poi finisco. Senza punto derogare agli elogi da me fatti a questo cibo, mi sembra che in giorno d'invito si potrebbe di-spensarsene affatto, perchè insomma è comune, triviale, e qualunque mascalzone può procacciarse-lo da un momento all'altro, e forse metà de' tuoi commensali l'hanno già mangiato questa mattina a colazione. E questo mio parere che ti do con la massima riserva diventa poi un precetto indeclinabile, quando durante il pranzo ci sia qualche altro piatto di carni porcine. Giorgio, ritieni bene questa mas-sima: a una tavola è permesso di servire ripetutamente il pollame, il vitello, la selvaggina, purchè sie-no variamente manipolati: ma di majale, comunque siasi, basta una volta, per carità! perchè è un cibo pieno di pepe e di sale, unto, acre, indigesto, e tanto più sano quanto meno se ne mangia. E ti dico questo perchè nel buon popolo abbondano le famiglie così perdute di gusto culinario, che con una buona fede incredibile sono capaci di affidare i principali onori d'una mensa al truculento majale. Senti questa, e inorridisci, perchè è cosa da far venire l'indigestione e le afte in bocca solamente a narrarla. Saranno già quindici anni che io fui convitato con una mano d'amici in casa di un amico comune: e ciò fu la nostra salute perchè, avvezzi a dirci roma e toma sul viso, la rabbia dell'occorso non ci restò compressa sullo stomaco dalla dissimulazione. Si principiò il desinare col solito salame di tutti i colori e di tutte le spezie: pazienza. Dopo qualche piatto, capita in tavola un gran zampone con lenti: a quella vista fu un dimenarci sulle seggiole e un gridare per istinto simultaneo: «Ohe! ci dai ancora del porco?» E uno diceva che era una satira omeopatica appoggiata alle parole similia si-milibus curantur: un altro richiamò l'esempio della marchesana di Monferrato che servì al re di Fran-cia un pranzo tutto composto di galline, come racconta quel lepidone superlativo di messer Giovanni Boccaccio: insomma ognuno disse la sua. L'amico padrone si scusava ridendo, ma faceva una certa cera da sornione che mi fece balenare alla mente un orrendo sospetto. Mi rivolgo al vicino, e gli dico sotto voce: «Sono pronto a scommettere che non è ancora finita, e v'è un'altra portata di majale. — Va via, matto, è impossibile. — Ti replico che ci sarà del majale ancora: me lo dice quell'aria da tra-ditore tra il buffo e il serio, e più di tutto il cuore che, trattandosi di malanni, non falla mai. — Quando è così, denunziamolo alla brigata. — No, bestia, riserbiamoci almeno il divertimento della sorpresa, e del sentire un nuovo scoppio d'ira dopo calmata la prima.» Difatti da lì a poco viene l'arrosto; indovineresti? nientemeno che un gran piatto di tomaselle, le quali, come saprai, sono certe piccole otri di carne grassa di majale pesta con pignoli, ma di una natura così perfidamente salata e unta e oleosa, che a spremerne una sola si potrebbe accendere un lumicino per una settimana a S. An-tonio del porcello, e resterebbe ancora tanto viscidume in mano da ugnere le ruote di una carrozza. A quella vista, e peggio a quel sapore acre e salso, fu un gridare, anzi un urlare da casa del diavolo: poco mancò che si venisse alle mani, e sarebbe stata indicatissima l'operazione di una battitura che servisse di esempio: ma eravamo dieci contro uno, e, a ogni modo, si stava mangiando in casa sua. Questo però non impedì che tavola stante, anzi in flagrante delitto, non si instituisse un processo con giudizio e sentenza, per la quale, dietro molti considerando, e specialmente ritenuto «che il misfatto del pranzo majalesco sia da attribuirsi piuttosto ad estrema imperizia nell'arte di convitare che a de-liberata perversità d'intenzione, il consesso nella sua clemenza limita la condanna del reo alla multa dei sorbetti da mandarsi a prendere all'istante per guarire le gole dei convitati da quella scorticatura; con espressa clausola che, pena un tremendo articolo sulla gazzetta privilegiata, si guardasse bene in quella funesta monomania suina dal far portare per pezzi duri della sugna di porco in ghiaccio.»

CAPITOLO SESTO

È qualche tempo che Giorgio risponde a stento, e s'è fatto serio: diamine! che gli fosse salita la mosca al naso per l'affare delle candele di sego? Io ve l'ho pur detto che la verità per solito è una prosaccia che disgusta. Ebbene, lasciamolo tranquillo e torniamo a discorrere con gli amici di prima. A costo di una marcatissima sproporzione fra le parti del mio discorso, sarò molto breve, e mi terrò sulle generali circa al resto del pranzo, poichè infine cosa s'abbia da mangiare e come, tutti lo sanno: e questa è piuttosto opera del cuoco che mia. Ho voluto difundermi un poco sul primo dar mano al cucchiajo e alla forchetta per dimostrare quanta estetica contenga la sola minestra, e in qual torrente di filosofia logica possa nuotare un salame. Sopratutto apprenderanno i mal pratici che sulle minime cose si può, anzi si deve sottilmente ragionare; e per paura di grossolani errori avranno ricorso agli intelligenti dell'arte per lasciarsi dirigere nei loro conviti. Ma se io dovessi dilungarmi egualmente su tutta la partita materiale del pranzo, e discutere su ogni briciola e ogni stecco, finirei a darvi un volume grosso come il calepino delle sette lingue, e allora addio popolarità: avrei scritto solamente per i dotti che d'ordinario sono proprio tra quelli che non possono mai convitare.

Principal pecca dei conviti popolari è che non si rispetta la gran massima ne quid nimis, tanto raccomandabile anche nelle ottime cose. Domina una certa paura di non poter mai farsi abbastanza onore, e quindi si mettono in una specie d'orgasmo che li fa passare in tutto quella calcolata e sapiente misura che è primo elemento del bello in ogni arte. Perciò piatti a profluvio, e troppo conditi e sapidi, e un predominio di vivande d'indole soverchiamente calida e stimolante. È ben raro il caso di trovare un pasto confidenziale e leggiero che ci faccia risovvenire del famoso motto di Ottaviano Augusto, il quale invitato da un patrizio romano a una cena non abbastanza degna di lui, gli disse nell'accommiatarsi: «Io non sapeva di esservi tanto amico» (che epigramma immortale! ci sta dentro tutto un Voltaire). Ma avviene assai più di frequente che i desinari d'invito sieno di così opprimente lunghezza, e ci sia tanta roba che sembrano fatti per saziare gli elefanti e le balene. Perchè mai dodici, quattordici pietanze e peggio ancora? Si porta intorno un ventricolo solo, miei cari, e non si può insaccare le vivande nelle coscie o nelle gambe. Perciò quella gran sequela di cibi è una superfluità assurda come i popolatissimi harem dei principi maomettani; e noi dobbiamo lasciarla a gloria esclusiva della gentaglia denarosa, quando celebra nozze, e vuol farsi ammirare dal rozzo parentado. Là tutto è in armonia; e la sposa grassa e rubizza, con indosso tutti i colori dell'iride e mezza bottega d'orefice, incoraggiata assiduamente con la voce e coi gomiti a mangiare, risponde sghignazzando: «Sono piena che non ne posso più», e fra gli evviva assordanti scaglia manate di confetti in volto agli avvinazzati commensali.

Un pranzo di buon gusto, lontano egualmente dalla parsimonia come dalla matta ostentazione, dovrebbe constare, a mio debole avviso, di cinque piatti o, al più, sei: i tre d'obligo, frittura, lesso, arrosto, con qualche altro intermedio. Non terrò computo nè d'una verdura, nè d'un po' di salato, come ho detto indietro. Volete proprio sfoggiare? aggiugnete un dolce, un gelato e altre bazzecole di credenza: chiuderò perfino un occhio se vi sarà un pesce squisito che per noi gente mediterranea è oggetto di lusso; e allora avremo un vero pranzo in apolline. Ma poi basta, basta davvero: il di più è sprecamento, è lungaggine, è noja, è indigestione, è lavorare a benefizio della medicina.

Nè vanno più in là le case cospicue per ricchezza e buon governo, nemmeno in giorni d'invito, salvo eccezioni affatto straordinarie: perchè insomma il superfluo e il troppo non vanno bene per nessuna classe, altrimenti i re dovrebbero mangiare per ventiquattro ore ogni giorno: perchè il pranzo da me accennato tien fronte alla potenza di qualunque strenuo mangiatore: perchè a dir bene le sue orazioni dal principio sino alla fine, c'è da diventare obeso e stupido come il boa quando comincia il suo chilo di varii mesi: perchè se c'è un mostro, un imbuto senza fondo, cui regga la coscienza di levarsi da siffatta tavola con un peccato di desiderio ancora, amici, vi prego a farmelo conoscere quest'uomo-fenomeno: che io sono capace.... di dedicargli il mio libro in pegno di ammirazione.

Molti osserveranno che in alcune grandi case si danno pranzi più magnifici di quanto io dissi. Lo so, e ne' miei tempi felici sedetti anch'io a quelle imbandigioni eroiche, e tenni fermo a quelle erculee prove. Ma bisogna che io metta a riscontro quei casi e il caso vostro, per dimostrare come gli esempii eccezionali sieno piuttosto da ammirarsi che da imitarsi (espressione rubata agli ascetici): in quel mo-do che non si consiglierebbe mai alla gioventù l'imitazione di Shakespeare o di Byron, perchè quanto in loro rappresenta l'estrema potenza del genio, sarebbe negli altri tronfiezza puerile e sforzi da nani. Sapete che avvenne d'Icaro quando s'attentò di volare con ali fittizie! e che luttuosa fine abbia in-corso quella rana che a forza di gonfiarsi pretendeva emulare il bue!

Primieramente siffatti pranzi vanno riguardati anche sotto al nobile aspetto d'una esposizione artisti-ca, ove fra tante cose si va ad ammirare l'opera d'un cuoco oltramontano da dieci franchi al giorno, ed un credenziere da non so quanti altri: quando che nelle case del buon popolo non è raro che si ab-bia da compatire un mediocrissimo brucia-pentole, o fors'anche un'umile servetta da dieci franchi al mese: e da ciò nasce che per voler dare un gran numero di piatti bisogna ricorrere terque quaterque al sullodato majale. In secondo luogo, alle grandi mense o tutti i piatti (salvo la frittura e l'arrosto che si portano al momento debito) campeggiano già sulla tavola disposti in giro e sopportati da vasi d'argento caloriferi: oppure ogni coperto va munito della lista delle vivande, scritta per due terzi in francese e per un terzo in inglese (giacchè in lingua italiana non è permesso nemmeno di mangiare). E mi ricordo che la prima volta quella carta l'ho creduta un madrigale, e dissi ingenuamente fra me stesso: «Vedi, vedi! i conti e i marchesi pranzano in poesia.» Ora, con qualunque dei due sistemi il convitato vede o prevede di primo colpo tutto il pranzo e le tentazioni tutte della gola; e se non si sente abbastanza forte per tutte soddisfarle, si riserva con saggia economia per quanto vi ha di più simpatico e solleticante al proprio gusto: ben inteso, che non si usa mai a importunare, nè tampoco a rimarcare se Tizio si serva delle vivande in piccolissima dose, o se Cajo ne lasci passare diverse senza prenderne affatto.

La cosa è ben differente alle tavole del popolo. Ci si va di solito credendo di sedere a un pasto d'amicizia, e questa opinione è confermata e ribadita dai padroni di casa che protestano di non aver fatto nulla più del quotidiano, anzi raccommandano di pensar bene a provedersi in principio per non trovarsi corbellati dopo: e vi obligano ad andare in seconda di tutto, del qual disordine parleremo più avanti. Perciò si mangia e si mangia: arrivano poi i piatti fini per gli ultimi, quando la maggior parte dei convivi non si trova più in lena da far loro le meritate accoglienze: e allora, oh che rimorso d'essersi lasciati menar via con tanta spensieratezza e improvidenza dal salame, dalla frittura di cer-vello, dal manzo, che sono i cibi di tutti i giorni! Rimorso molto paragonabile a quello di coloro che avendo abusato della vita in gioventù, sono condannati a passare una virilità inetta e inerte.

Ma v'è ben altro ancora. A quelle massime mense le cose camminano con una speditezza meraviglio-sa. Maggiore il numero delle persone che servono, di quelle che si fanno servire: è un esercito che la-vora con evoluzioni simultanee, precise, serrate. Chi apporta, chi ritira, chi taglia, chi stura: a ogni piatto vi armano d'una posata nuova, vi offrono una salsa omogenea, vi versano un apposito vino.

L'anima e i sensi sono continuamente e seriamente occupati, e sembra di essere sotto all'incantesimo di una fantasmagoria. Ai prodigi della cucina succedono quelli della credenza, ossia la seconda tavola, più ricca e mirabile, se può dirsi, della prima. Ma quella battaglia grande è altretanto breve; è un veni, vidi, vici che si compie nel giro di un'ora e mezza. Siffatta prestezza sembra eccessiva al volgo inesperto; chi però fece parte di quelle campagne illustri può valutare quanto vi sia di ardito, di sublime, d'inebriante in quei súbiti assalti, in quella rapida distruzione, in quel servizio vorticoso, in quel pranzare fulmineo. È l'arte spinta all'ultimo grado d'idealità. Disse Parny, non so più dove, che les dieux font bien et font vite; e io, trattandosi dei Luculli a tavola, dico che les dieux font vite et font bien. Nè s'ha poi a credere che quella prestezza sia opprimente: oibò! allora non la userebbero coloro che hanno la missione di raffinare tutte le voluttà della vita. Il tempo, a considerarlo in astratto, pare brevissimo, e più ancora quand'è passato; ma intanto che passa ci mette proprio tutto il tempo che occorre: e nello spazio di un'ora e mezza, ci sta commodamente del gran bene e del gran male.

Ma i pranzi del popolo oh come sono lunghi quando assumono una certa importanza! Un po' che scarseggiano le persone di servizio, e nelle occasioni solenni s'imbalordiscono e non sanno più quello che si facciano: un po' l'operazione del trinciare eseguita sulla tavola con grande stento e prosopopea da qualche commensale mal pratico, che ad ogni incontro di articolazione sbuffa e si lagna del coltello male affilato: un po', e assai più che un poco, le ostinate cerimonie che alla loro volta fanno tutti perchè gli altri si servano prima di loro; quindi un andare e tornare, e balzare del piatto come battuta e rimessa al giuoco del pallone: un po' che alcuni, dopo essersi fatti pregare ben bene a servirsi, istituiscono un serio esame sul piatto, e voltano tutti i pezzi, e non trovano mai la porzione che fa per loro, e finalmente vogliono appena un bocconcino, e dimandano una suddivisione perchè si è trinciato troppo grosso: e poi quel terribile secondo giro del piatto in umile e supplichevole ricerca di chi si lascia trascinare a far bis: e poi, e poi.... pensateci, e di questi poi ne troverete tanti altri: io sono stanco di noverarli. Fatto sta che se le portate sono molte, è un vero sgomento a pensare quanto duri un pranzo: perchè, mentre dai grandi signori dodici piatti sembrano sei, dal popolo sei piatti sembrano più che dodici. A me è occorso le tante volte di stare a tavola più di tre ore. Vi pare poco? ebbene, mi accadde in occasioni di nozze di starci più di quattro ore. Non vi fa ancora meraviglia? ebbene i tesori della mia esperienza sono inesauribili: in campagna da grossi fittabili che celebravano contratti di formaggi (se male non mi ricordo) io ho assistito a uno di quei pranzi dove le ore non si contano più perchè trattasi di porsi a tavola a sole meridiano, e trovarsi ancora là a notte fitta. E per numerosi che fossimo, c'era da mangiare per dieci volte tanti. Oh quanto bue, quanto vitello, quanto majale, quanto vino grosso, quanti capponi, quante anitre, quanti tacchini, e che catasta di mascarponi, e che lago di fior di latte densissimo (pànera doppia)! Infine poi, per coronare l'opera, un boccale per testa d'un così detto caffè levante bollito in una gran caldaja. Desinari d'indole ciclopica, titanica, che ri-sentono di epoche anteriori a qualunque tradizione storica, che opprimono come l'incubo solamente a rammentarli: tanto più noi, omiciattoli degeneri e flosci delle città, sentenziati dal Gozzi per Sapo-riti bocchini e stomacuzzi — Di molli cenci e di non nata carta.

Lasciò scritto un sapientissimo autore che la mensa è quel luogo dove non si patisce la noja durante la prima ora. Da ciò è facile inferire che probabilmente ci annojeremo nel corso della seconda. Dunque imploro che evitiate almeno la terza a riguardo delle persone di buon senso e di buon gusto che onoreranno la vostra casa. Sit modus in rebus: due ore di tavola è proprio un bell'assegnamento. Capiterà benissimo di starci anche di più, e spontaneamente, e piacevolmente: per esempio, d'inverno, trovandoci in un ambiente delizioso e in compagnia simpatica, ci fermeremo un'altr'ora a chiacchierare e berne qualche sorsetto ancora tra una ragione e l'altra; ma, ben inteso, sul tapeto: cioè a pranzo assolutamente finito, in modo che chi n'ha volontà possa moversi, e cambiare aria senza la menoma taccia d'inciviltà: perchè tante ore d'obligo a continuamente masticare adagio adagio e seduti sempre a quel posto, sono una enormità; e all'uomo ragionevole deve sembrare d'essersi trasformato in una bestia ruminante, e trovarsi legato alla mangiatoja. Aggiugnete poi che è cosa malsana quell'insistere per tanto tempo a dare cibi da elaborare al ventricolo, obligandolo a ricominciare ogni istante le proprie operazioni, e quell'ostinato sovraporre materie nuove a materie già concotte, sciolte, e pronte per le seconde vie. Tutto ciò disturba la tranquilla e normale facenda della digestione: lo stomaco e gl'intestini s'imbrogliano nella complicata gestione di sostanze tanto varie e di varia data. È come quando si lasciano indietro molti figli di tre o quattro letti; sono sempre affari ingarbugliatissimi che danno tanto da manovrare agli avvocati. Così partirete da quei desinaracci per mettervi in mano dello speziale.

Dunque, agli Illustrissimi la gloria dei pranzi illustri: al popolo il modesto vanto dei pranzetti alla buona. Quando non si faccia troppo è anche facile far bene, e si può escire dall'ordinario con alcuni piattini squisiti, da scegliersi a piacere secondo il genio della cuciniera e anche della padrona di casa che in bella gara faranno campeggiare i loro rispettivi colpi di riserva. Su di che voglio limitarmi a una sola avvertenza. Per evitare le vivande soverchiamente comuni, molti omettono il manzo. Male! perchè quello è il cibo per eccellenza, il principe dei cibi, il piatto della virilità, del buon senso, del gusto severo. Il dimenticarlo in un buon pranzo, sia mo' a lesso, sia in ristretto, sia all'inglese, mi renderebbe similitudine di chi, scrivendo la storia della letteratura italiana, dimenticasse l'Allighieri. Sì, il manzo è il Dante delle mense, come un ghiotto pasticcio di tartufi e selvaggina ne sarebbe l'Ariosto, come.... Peccato che dovrei dilungarmi troppo dal mio punto di vista: altrimenti, vi farei sentire che, in forza di quella mirabile armonia che lega tutte le opere di natura, non che tutti i lavori dell'arte per rapporti incomprensibili alle menti volgari, ogni grande scrittore può ragguagliarsi a qualche vivanda, dalle più semplici alle più complicate: con che, senza tante sottigliezze cachettiche, e pedantesche dissertazioni, s'impronterebbe nella memoria del popolo l'indole, la fisonomia, il carattere individuale dei sommi nostri poeti. Che bel progresso sarebbe questo di non designare più le pietanze col loro nome prosaico!

M'imagino di udire un dialogo fra due amici che partano da un desinare cattivo. «S'è pur mangiato da cani, veh! — Si capiva fin da principio che la doveva andar male: che broda lunga era quel Passeroni! — E il Dante poteva essere più duro e indigesto? l'ho ancora sullo stomaco che non mi vuol passare. — Sai perchè? ritengo di certo che non fosse Dante, ma Beatrice. — Mi sentii tutto a consolare quando capitò in tavola il Metastasio: ma anche lui è riuscito troppo molle e dolciastro», ecc. Di questa nuova e istruttiva nomenclatura ne parleremo forse altra volta. Ora ritorniamo al nostro discorso.

Non crediate però che s'abbiano ad ammirare soltanto i desinari illustri, dietro il confronto che ho istituito fra le mense dei grandi e quelle del popolo. L'antitesi sarà riuscita utile coll'additarvi molte pecche da schivare, e sopratutto col dimostrarvi che bisogna desistere da gare per le quali voglionsi e consumata pratica, e gusto raffinatissimo, e grandi mezzi, e artefici famosi. Del resto, l'uomo deve essere enciclopedico e sapere apprezzare il bello e il buono dovunque si trovi: ai pranzi popolari, quando sieno ben regolati, se ne trova assai. Dai grandi si mangia meglio; ma tra di noi si mangia più allegramente. Là si renderebbe ridicolo chi lodasse una vivanda; quì è permesso lo sfogo di tutte le esclamazioni per un piatto che ci vada a sangue. Là si parla sommessamente, rimessamente, come se avessimo la sordina alla voce; quì si grida, si schiamazza e si sghignazza per ogni mosca che voli. Là si va sempre a dar ragione; quì si può anche dar torto, e le idee si appurano nel crogiuolo della più calda e vivace polemica. Là è un continuo stare in guardia di sè medesimi e fingere di essere educatissimi: quì il galateo è abbastanza largo e indulgente. Là incutono soggezione perfino le livree, e specialmente i camerieri di primo ordine che vestono con una eleganza umiliante, e che sopratutto tacciono e stanno attentissimi; quì colle persone di servizio si ride e si scherza, e si dà loro del tu, e anche si stringe la guancia tra l'indice e il medio a una bella servetta. Là si compare in giubba e guanti gialli e stivali inverniciati: e se trattasi di dine prié, cioè di pranzo d'etichetta con invito a stampa, si va in iscarpe e calzette di seta: e guai se fa cattivo tempo, perchè bisogna proprio discendere da un lurido fiacre davanti a quel terribile guarda-portone, minosse e cerbero al tempo stesso, che giudica le persone dall'equipaggio, e ha un sogghigno ineffabile per le carrozze da nolo. Ma tra noi si va in abito di mattina, e se c'è un po' di fango alle estremità inferiori, purchè sia recente, è ammesso, per l'ottima ragione che le gambe non devono andare sulla tavola, ma sotto. Là, fra gli aristocratici, suda pure e ansa dal caldo fino che vuoi, che bisogna star sempre duro e impiccato nella cravatta inamidata che ti fa muovere tutto d'un pezzo come chi avesse un vescicante alla nuca: quì, se le signore lo permettono, si sta scollati, e anche in maniche di camicia, e perfino con le braccia napoleonicamente al sen conserte, e appoggiate sulla tovaglia. Oh, viva noi! In due parole, là domina l'arte, quì trionfa la natura. Per ciò è bene variare: di quando in quando un pranzo eroico ci solleva l'animo all'ammirazione del sublime, e ci porge utili insegnamenti per difundere e trapiantare nel popolo quella porzione di usi nobili che è trapiantabile. Ma per il consueto della vita il nostro cuore inclina ai pranzetti liberi, cordiali, allegri; perchè insomma noi siamo il buon popolo, il caro popolo, e chi di gallina nasce gli conviene razzolare.

FINE DELLA PRIMA PARTE

SECONDA PARTE

Ora vorrei far qualche cenno sui discorsi che si tengono a tavola, e che sono, per così dire, il nutrimento dello spirito. Il campo della parola è sterminato, nè v'ha argomento che non si presti o alla seria discussione o alla ciarla oziosa o al piacevole motteggio. Ma, sta bene il parlare di tutto? Alcuni discorsi sono proibiti dalla buona morale, alcuni altri dalla buona educazione, molti dalla prudenza, moltissimi poi dalla ignoranza o di chi li fa o di chi li ascolta, o di tutti insieme. Cosicchè fra tanti veto che emanano da sì autorevoli tribunali, per certe mense il miglior consiglio sarebbe quello che si dava a Papataci della comedia: mangiare, bere e tacere. Ma come tacere quando si mangia bene, e specialmente quando si beve meglio? E poi, non ci raduniamo allo scopo principale di conversare e far cambio d'idee? Però, dei quattro ostacoli da me enunciati alla libertà del parlare (la morale, la creanza, la prudenza e l'ignoranza) si può dire in genere che i primi tre sono mediocremente rispettati. Non così dell'ultimo; perchè l'ignoranza, quando non si ripari all'ombra del buon senso (caso raro, essendo il buon senso una rarità), è una cosa tutta ingenua, spontanea, inconsapevole di sè stessa al modo di certe virtù primigenie, come la verecondia e l'innocenza. Perciò l'ignorante, fortificato dall'altra virtù naturale ed istintiva, la presunzione, procede franco e sicuro in qualunque discorso, chè a sentirlo sarebbe un bel divertimento, se non fosse un po' troppo frequente e, per solito, anche un po' troppo lungo. Il dotto più impara, e più sente di sapere pochissimo, e più si fa cauto e guardingo dal giudicare le cose che non entrano nel raggio de' suoi studii o nel campo delle sue osservazioni. Ma l'ignorante sa tutto: egli scioglie al momento i più ardui problemi, e ha pronto un rimedio per ogni male, e trova un provedimento per qualunque bisogno. Giuristi, filosofi, medici, economisti, perchè non ricorrete a lui nelle più complicate controverse questioni di scienza? egli scioglie ogni difficoltà, e vi darà la ragione di tutto. Anzi, è capace di regalarvi seriamente una buona lezione, anche senza avergliela dimandata.

Di siffatti originali abbondano le mense popolari, e non ne difettano nemmeno le illustri. Se non che, alle prime si può dar loro un pochettino sulla voce, e ridurli al silenzio, o assecondarli e pigliarsene spasso, o non occuparsene come se parlasse un matto. Ma a quelle altre mense l'affare è ben differente. Per un verso, i riguardi esigono che si ascolti chi ha la parola, e per un altro ci vuole un bel coraggio a giuocare per sempre il proprio coperto e fors'anche un'utile clientela osando contradire al marchese Y, o al conte Z, e far loro intendere che hanno il bel vezzo di capovolgere tutte le idee: giacchè, se un illustrissimo fa tanto di esser bestia, lo è in grado così sublime da superare perfino la sublimità de' suoi pranzi. È puro debito di giustizia il dire che oggidì il ceto nobile ha proprio perduto la rassomiglianza con quegli antenati sul cui dorso sanguinò senza pietà la scutica pariniana. Molti studiano di proposito, e questi ordinariamente riescono meglio che noi del popolo, perchè hanno più facili e abondanti mezzi d'istruzione, perchè fanno per elezione e simpatia ciò che moltissimi fanno per bisogno di un grado academico, perchè non li svia dalla meditazione la necessità di tradurre la scienza in quattrini. La sola città di Milano vanta nel patriziato un bel numero di nomi individualmente illustri. La maggior parte poi, viaggiando e leggendo, anche solo per passatempo, trattando con dotti e uomini di spirito, acquistano quanto basta di tatto sociale e d'infarinatura enciclopedica per essere interessanti nella conversazione, e non cadere in pregiudizii grossolani. Ma tutto ciò non impedisce ancora che si perpetui qua e colà la bella tradizione del bue d'oro: e sarebbe quasi un peccato che si perdesse affatto questo classico tipo, che nel suo genere è qualche cosa di eminentemente comico e originale. Pel bue d'oro tutto concorse a renderlo magnifico: l'adulazione servile che lo cullò fin dalla infanzia: la connivenza del pedagogo che, se non fu del tutto bestia egli pure, prevedeva nel discepolo il futuro padrone che gli avrebbe assicurato un commodo riposo in vecchiaja, e perciò ne lusingava l'ignavia e la caparbietà; quell'isolamento che gl'impedì l'attrito prezioso del confronto, dell'emulazione, della vergogna: quel non essere mai stato all'università a sentirsi a dare almeno dai condiscepoli del tu, dell'asino e dell'imbecille, o anche a esibire quattro calci nel di dietro (cose tanto ricordevoli e salutari per la superbia di tutta la vita): aggiungasi una specie d'istinto a schivare anche nella propria sfera i migliori di lui, e a farsi amici quelli dell'istessa tempra: aggiungasi che la coscienza dei milioni inspira allo sciocco una sicurezza di sè, una petulanza, un profondo convincimento della propria sterminata superiorità su chiunque viva della fatica o dell'ingegno: aggiungasi che coloro i quali avrebbero la capacità di raddrizzargli le idee storte, si guardano bene dal tentarlo per non perderne la protezione, e poi perchè a nulla gioverebbe, mentre sarebbe necessario rifundere tutto l'uomo. Datemi un soggetto simile che imbandisca un convito e gli presieda, dove egli detti e gli altri mangino: e poi se non copiate dal vero, sfido il più felice poeta a imaginare e rendere il viluppo degli spropositi e degli assurdi che saprà schiccherarvi su qualunque argomento. E ne ha tutto il diritto: perchè chi fornisce i lauti pranzi, che sono fatti sustanziosi, può ben permettersi le buaggini grosse che sono parole senza sugo; e non ne farà risparmio, e le dirà gravemente come se mettesse fuori assiomi o epifonemi: non è mai stato avvezzo ad essere contradetto! Talchè per un uomo di buon senso a frenare gl'impeti di una scandalosa risata ci vuole tutta la virtù del bordò, dello sciampagna, del fagiano, dell'ananasso.... Ma dove diamine mi lascio io menare dalla foga delle descrizioni? E poi: può esistere ancora intero siffatto tipo? oppure non è che il miscuglio di confuse sparse reminiscenze, in quel modo che la Venere di Zeusi compendiava i vezzi delle primarie bellezze di Grecia? Talvolta è difficile il rispondere a così facili dimande.

Dunque, se io vi dicessi: Alla vostra tavola troncate per quanto si può i discorsi melanconici, nauseosi, o atti ad offendere l'amor proprio o la delicatezza morale anche d'uno solo tra i convitati; impedite che alcuno si ostini in discussioni aride, monotone, prive d'interesse; procurate che i temi si attaglino all'intelligenza e ai gusti della maggioranza, ecc.; se vi facessi queste e altre consimili raccomandazioni, sarebbe come dirvi: Abbiate animo gentile, educazione fina, distinto buon senso. E coloro che per avventura non fossero troppo forniti di queste doti? I precetti complessivi e le teorie generiche urtano appunto in questo scoglio di supporre talenti e attitudini assai più desiderabili che frequenti: onde avviene che dimandando moltissimo, per solito non ottengono nulla. Perciò io, volendo venire a qualche cosa di concreto e preciso in sì vasta materia, mi limiterò d'indicare un pajo almeno tra i discorsi da evitarsi e da impedirsi più gelosamente a mensa. Veramente, sarebbero da evitarsi sempre e dappertutto; ma altrove si ha il vantaggio di potersene scansare coll'andar via, o con lo scindere la conversazione in varii gruppi: a tavola no, perchè si è proprio là in circolo per istar-ci fino alla fine, e condannati a sentire tutto quanto si dice.

Vi consiglio caldamente a impedire i discorsi irreligiosi; e per ottener questo, vorrei che a tavola e in grossa compagnia studiosamente evitaste ogni tema spettante a religione; perchè, salvo il caso di buone famiglie dal credo vecchio che innocentemente discutano se il tale confessore sia di manica larga o stretta, o se il digiuno quaresimale sia abbastanza rigoroso con una fetta di pane nel cioccolatte, occorre troppo spesso di sentire spropositi grossi che turbano e scandalizzano le coscienze; giacchè sotto allo specioso pretesto di opinioni filosofiche si arriva a metter fuori le più ributtanti professioni di ateismo: e queste sono incomportabili enormità. La santa religione dei padri nostri bisogna rispettarla e farla rispettare: perchè se anche non fosse quella vitalissima e suprema verità che è: se, per assurda ipotesi, fosse una invenzione umana, sarebbe la più grande, la più preziosa, la più necessaria delle invenzioni: che, passata l'età dei piaceri e delle illusioni, unica riempie il vuoto doloroso della vecchiezza e rende le infermità tollerabili con la speranza d'una felicità imperitura: che salva dalla disperazione le classi povere, e, tenutele in freno salutare, rende loro meritorie le più crudeli privazioni e le più bestiali fatiche: che perfezionò la morale collocandola prima nell'intenzione e nell'affetto che negli atti materiali: che condannò la schiavitù e proclamò l'eguaglianza di tutti gli uomini: che anatemizza gli abusi del potere, e dice guai! ai violenti, e vuole il regno della giustizia, della fratellanza, dell'amore. E se per deplorabili contingenze i depositarii della tradizione divina deviarono su qualche punto dallo spirito del Vangelo, queste sono miserie umane, ed è stoltezza addebitarle a una religione essenzialmente liberale e civilizzatrice, senza la quale il mondo non farà mai nulla nè di stabile nè di buono. Dico ciò, perchè non fu mai tanto di moda come oggidì il confondere cose sacre e profane, e tirare in ballo la religione con la politica, e voler l'una responsabile degli spropositi dell'altra, e ora affettare fede e entusiasmi, ora maledire e minacciare scismi: quasichè sia la religione che abbia bisogno di noi: e quasichè Dominedio debba obbedirci per paura delle nostre bestemmie.

Discorsi deliberatamente empii non è troppo facile udirne in società di gente alla buona: ma è communissimo il sentirne di quelli che, senza volerlo, rivelano la negazione di ogni credenza. Per esempio, chi di voi non ha inteso le tante volte a dire? «Che bella cosa a crepare d'un colpo di apoplessia fulminante quando meno ci si pensa! al termine di un buon desinare, fra lieti amici, coll'ultimo bicchiere in mano, cascar morto d'un tratto, e tutto è finito.» Ah, tutto è finito? Non capite che fra persone dotate appena di qualche sentimento questo è un parlare da bestie? Anzi, vi degradate al di sotto delle bestie, perchè almeno i bruti non hanno nè rimorsi del passato, nè terrori dell'avvenire, nè la prescienza della morte che per voi è sinonimo della spaventosa distruzione dell'ente.

Ma io mi sento chiamato a parlarvi di pranzi e non a farvi la predica: nè vorrei che in fine di tavola alcuno mi presentasse un biscottino in premio del mio sermone. Perciò finisco replicando che siffatti discorsi sono di pessimo genere e di pessimi effetti, e da severamente impedirsi: e se nessun commensale ha il coraggio di farlo, tocca al padrone di casa prima con garbo e destrezza, poi anche con modi autorevoli e risoluti a far deviare la ciarla da quel corso pericoloso. Io mi figuro di essere un buon capo di famiglia, e di non aver omesso diligenze a fine di allevare religiosamente i miei figli. Do un pranzo per sollievo delle cure quotidiane e per passare alcune ore in allegra società: ed ecco che uno sciocco chiacchierone mi vien fuori con quattro frizzi volterriani a sparger semi di scetticismo per quanto vi ha di più sacro nel cuore dei figli miei. Dunque è gettata ogni premura di tenerli lontani dai libri cattivi e dai cattivi compagni, se perfino in casa mia e sotto a' miei occhi si osa guastarmeli, fosse anche per mera leggerezza e ostentazione di spirito forte, ma con la più mirabile indifferenza. Sono cose da sentirsi a rimescolare il sangue: e parmi sarebbe da compatire quel carattere un po' vivace che, non ottenendo di far cambiare discorso immediatamente, mettesse mano al vasetto della salsa verde, e minacciasse irrorarne il viso al filosofante. Miei cari, non vi consiglio di agire pre-cisamente in questo modo, nè ritenetelo come precetto integrante dell'arte di convitare: dico solo ciò che io sarei tentato di fare all'occorrenza: e forse appunto perchè sarebbe troppo, i destini non mi concessero di giovare con la pratica la causa dei buoni pranzi. Vi prego anzi a non propalare questa mia scappatella: e soprattutto a non cambiarmi le parole in bocca, dicendo intorno che io propongo di tirare i piatti nel viso a chiunque intavoli discorsi di poca soddisfazione: giacchè mi voltereste contro quei pochissimi amici che, una volta ogni morte di vescovo, vengono a mangiare un boccone alla buona in casa mia.

Un altro discorso peggiore, se è possibile, del primo (perchè al primo almeno i ragazzi stanno per solito disattenti, quando che sono tutt'orecchi, e direi anche tutt'occhi per capire il secondo) è quello che.... non so quasi come esprimermi: quel genere insomma di discorsi che fa tremare una buona madre per l'innocenza della propria figlia. Povere madri! non basta che debbano talvolta tremare perfino in chiesa, allorchè un rozzo frate sviluppa dal pulpito certo tema delicatissimo con una intrepidezza che spaventa? bisogna proprio che tremino e molto anche a tavola; giacchè tale discorso a tavola è d'una compassionevole frequenza. V'ha gente che non sa dipartirsene mai, e che troverebbe modo di farlo entrare in una dissertazione di araldica, tanto sono abili a cavare da tutto un'allusionaccia, una similitudine, una filza di motti anfibologici, una sconcia allegoria. Considerando la cosa dal lato esclusivo della buona creanza e della convenienza sociale, è pur disdicevole e da riprovarsi: poichè anche in piccolo circolo, e tutto d'uomini, è probabile che taluno non abbia il coraggio di mostrarsene apertamente disgustato, ma che nell'interno dell'animo ne sia nauseato al sommo grado. Se poi vi sono donne, la cosa piglia effettivo carattere d'insulto, perchè implica l'idea del nessun rispetto, o anche d'una sinistra opinione che si abbia di loro.

In Italia si ride quando, parlandosi de' costumi d'Inghilterra, sentiamo che colà un uomo educato non oserebbe mai nominare alcune parti del proprio abito davanti a una signora. Per me trovo ottimo quel costume: poichè questo genere di riguardi verso il sesso delicato non mi sembra mai eccessivo, nè troppa la poesia onde si vuol circondarlo. Fra noi non vi è pericolo di siffatte esagerazioni, giacchè si piega all'eccesso contrario: e la colpa maggiore di chi è? Chiedo perdono alle signore se dico loro una grossa verità: che cioè, anche non partecipando, come non partecipano mai, ai brutti discorsi, ne portano esse la massima responsabilità; perchè, in cambio di chiudersi in quel contegno glaciale che fa morir le parole in bocca al più audace, molte di loro si permettono di ridere, non fosse altro, per non aver l'aria di selvatiche o di bacchettone. Male assai: perchè da ciò nasce a loro danno un altro grave inconveniente che mi obbliga a dir loro un'altra grossa verità, se mai non la sapessero: ed è che taluni avviano appunto certi discorsi per esplorare terreno sul conto loro: e che d'ordinario poi, anche quando il discorso è fatto senza secondi fini, i più degli astanti tengono l'occhio fisso sulla tale o sulla tal'altra (che non è certo nè la più brutta, nè la più vecchia) per indovinarne, così in via di curiosità naturale, il grado di avvicinabilità. È un indizio molte volte fallace, lo ammetto; ma in conclusione è un indizio che non manca di qualche valore, perchè, a buon conto, chi ride, incoraggia, quand'anche non ne abbia l'intenzione. In breve: starebbe alle signore, se il volessero, a far dismettere l'uso di tali discorsi alla loro presenza: perciò dovrebbero efficacemente volerlo. Vi sono poi degli originali che in tutta buona fede si credono modelli di castigatezza e riserbo perchè narrando, come fanno ogni momento, i più sconci aneddotucci, non adoperano la lurida tecnologia della canaglia, ma impiegano il velo transparentissimo delle metafore e delle circolocuzioni, e si arrestano a qualche insuperabile reticenza. A costoro auguriamo che difettino onninamente di quest'arte misera: poichè, almeno in onesta compagnia, rinuncieranno a quei temi, non potendo azzardarsi a trattarli con più scurrile linguaggio. Anzi oserò dire che, necessitato a scegliere fra i due linguaggi, preferirei da loro il peggiore, e ciò nei rapporti non della civiltà, ma della morale, che sono i più gravi. Perchè infine con un parlare abjettissimo probabilmente otterrebbero un effetto contrario al desiderato, eccitando nausea (in quel modo che un gran sorso di aquavite rabbiosa rivolta un palato squisito): quando che i lenocinii d'una leziosa retorica larvano il veleno e producono incalcolabile guasto.

E a vedere, dico, come costoro non la finiscano mai! Si spera che, consumata quella raccolta di equivoci, si passerà ad altro argomento: ma si è sempre da capo. Non sembra vero che sieno tanto inesauribili in un ordine d'idee così monotono e meschino. Se è presente l'età tenera, s'ha bel gridare majolica! oibò, non capiscono nulla, o tacciono un minuto per subito ripigliare sott'altra forma.

E, replico, tutto serve loro di occasione o di pretesto, perfino le pietanze.

Si serve in tavola un piatto di tartufi.... ecco là quei due o tre che sogghignano e bisbigliano coi vicini di posto: e poi vogliono dire chi abbia bisogno di mangiarne poco, e chi di mangiarne molto, e chi debba andare in seconda: e c'è sempre alcuno al quale consigliano di recarsi davanti il piatto intero, e mangiarselo tutto. Ah pastorelli peggio che arcadi, se pur vi ricordate il cenno sulla loro incorreggibi-lità nel sempre ripetere le stesse sciocchezze! Ma esciamo da questo argomento che, a somiglianza del carbone, o tinge o scotta.

Qui sento taluno a dimandarmi: «Dottore, almeno un poco di maldicenza a tavola non ce la proibirai, tu! altrimenti con persone di poche risorse, che cosa s'ha da dire?» Capisco: volete tentarmi come i Farisei colla moneta: e poco manca che non vi dia io pure quella risposta, la quale significa: siate giusti, e date il fatto suo a ciascuno. Ma non lo fo perchè quì, oltre all'essere una profanazione, sarebbe uno sproposito: giacchè, a dir male del prossimo, assolutamente non va bene. Però, siccome su questo tema la maggioranza non mi ascolterebbe, trattandosi di un uso al quale i più si abbandonano senza nemmeno accorgersi, volendo poi proseguire anche accorgendosi; così, supponendo un istante che la maldicenza sia proprio una cosa pressochè inevitabile, sarei quasi per prendere il partito di darvi una breve lezioncina sul modo di farla bene, cioè di farla meno male: è già qualche cosa anche questo. In così strana ipotesi comincerei, per esempio, a raccomandarvi di schivare la maldicenza frivola e pettegolesca, perchè è indizio di anima meschina e sciocca, e annoja gli uditori di buon senso. Molti anni sono, una signora sapendo che io frequentava (in Milano) un circolo di persone di spirito, mi disse: «Vengo assicurata che in casa X v'è molta maldicenza.» E io le risposi: «Sì, ma sublime!» E quel motto diventò quasi proverbiale per la sua ardita e precisa significazione. Era di quella maldicenza che non si abbassa mai alla vigliacca pittura dei difetti fisici, o delle compatibili debolezze che non escludono un complesso di virtù e di buon cuore: non era lo stolido investigare la fortuna o le abitudini domestiche di Tizio o di Sempronio: non era la rivelazione di secreti atta a turbare la pace di una famiglia, o a compromettere l'onore di una donna, che ha sempre il più sacro diritto alla stima sociale finchè non l'abbia evidentemente calpestata. Ma si verificava la statura d'un pigmeo che vuol fare il gigante; ma si misuravano le orecchie d'un asino glorioso; ma si strappava la maschera a un Tartufo; ma si scopriva la scala a chiocciola per la quale un uomo inetto era salito alle cariche, ecc. ecc. Perchè insomma nel mondo gavazza una moltitudine di ciurmadori e di birbi, e la sanzione della publica opinione ci deve essere come freno salutare alle azioni e alle ambizioni, e come impedimento all'ultima corruttela sociale: e questa opinione deve basare sul vero, e tocca a chi ha intelligenza e rettitudine a illuminarla, a dirigerla, a diventarne, per così dire, la Borsa. E non doveva quella chiamarsi maldicenza sublime? Con quattro parole si definiva tutto un uomo, testa e cuore, come un abile artista con quattro segni di matita vi dà l'evidenza fisica e morale d'una fisonomia marcata: e in fine dei conti, beate sotto a quelle lingue le persone di carattere e dabbene! Cari amici, se non volete riescire enormemente stucchevoli e sazievoli, col rischio anche di ripetere per la centesima volta le stesse cose senza avvedervene, guardatevi per carità da quelle maldicenze di parentela che si risolvono in superbiette di preminenze, o in piccole invidie di agiatezza, o in piccole gelosie di predilezioni, o più spesso ancora in rabbiose passioni d'interesse pecuniario. Ora è la lunga storia dell'infame fratello, che dopo essere costato un tesoro in vizii e aver rovinata la casa, riescì, a forza di ipocrisie e di raggiri, a carpire tutta l'eredità di quel mostro di zio), che aveva tante obbligazioni con voi, e vi aveva sempre lusingati: vecchio scelerato e traditore che, se v'è la casa del diavolo, è là, è là calzato e vestito a pagare il fio di quell'orribile iniquità. Ora si tratta dei perfidi cognati che fece-ro sempre a ruffa raffa a chi più pelava l'imbecille vostro suocero; e che tenevano le sorelle in conto di bestie; e che ottennero di farle private di tutta la parte disponibile di eredità; e che anche la legit-tima l'hanno fatta risultare a metà del vero mediante perizie ingiuste degli stabili: figurarsi! il tal fondo, un pezzo di terra impagabile, che rendeva tante moggia di frumento e aveva gelsi per tante oncie di semente, senza contare un diluvio di appendici in verdura, ova, pollame; un fondo del quale si sa di certo che due anni prima avevano rifiutato ottantacinque mila lire, sono riesciti a farlo stimare cinquantanove mila, quegli assassini! E la casa in contrada tale? con tre piani e diciotto stanze per piano, e quattro botteghe, in quella magnifica posizione? hanno indotto il vecchio a venderla sei mesi prima che crepasse: e i denari chi li ha veduti? E poi è indubitabile, e lo ha confessato l'infermiere che è ancora vivo, e potrebbe ripeterlo, che alla morte del vecchio portarono via tutte le carte, e la-sciarono la cassa vuota di quattrini, e fecero sparire perfino l'argenteria da tavola: cosicchè, tutto compreso (e quì calcoli, riassunti e repliche del già detto), hanno rubato a vostra moglie la piccola bagatella di tante mila lire, ma rubate tale e quale come se l'avessero aggredita sulla strada con le pi-stole alla gola, ecc. Da questo saggio di nenie famigliari non capite come debba riescir nojoso il voler farne oggetto di trattenimento tra persone che pranzano insieme per darsi buon tempo e allegria? e peggio, se sono raccontate con dieci volte più d'incidenti e di tornando indietro un passo, e di mi dimenticava il meglio.... Dimenticate un po' tutto una volta per sempre, ovvero tenetelo in voi, chè di siffatti rancori è pieno il mondo, e ci vuole la massima buona fede dell'egoismo e della povertà di spirito a imaginarsi che la gente pigli interesse alle vostre lamentazioni. Credo superfluo il farvi ri-marcare quale abisso separi la semplice maldicenza dalla malvagia e infame calunnia: ma non sarà inutile il dire che pur troppo quell'abisso si colma con funesta facilità, e che senza volerlo si può ren-dersi complici di tale turpitudine accettando e ripetendo come fatti le vaghe e maligne dicerie, o esagerando il vero, o dandogli sinistra interpretazione, accecati dalla passione: cosicchè (lasciatemi passare quest'idea ardita, e pigliatela per un modo di dire) vorrei che la maldicenza, nel senso di re-golo all'opinione pubblica, fosse privilegio dell'alto buon senso e della probità fredda e inconcussa. Ma che farci, se è proprio l'immensa maggioranza che vuole occuparsene tutta la vita? E poi chiama-no lingua d'inferno un galantuomo che di quando in quando metta sulla carta una dozzina di periodi a raddrizzare qualche volgare erroraccio. Perchè poi sia diminuita la probabilità d'ingiusti giudizii, questi non dovrebbero mai essere pronunciati sotto la possibile influenza di rivalità d'interessi. Quindi, per dirne una sola, vorrei che nessuno dicesse male degli esercenti l'arte propria; tanto più che per essere troppo ovvio in questi casi il sospetto di malafede e del Cicero pro domo sua, non si arriva quasi mai a persuadere; anzi, per legge di reazione, si crea o si rinforza il partito dell'avversario. Per alcune professioni il publico manca di attitudine a discernere il buono dal catti-vo, e sentenzia e applaude e condanna a capriccio e dietro dati fallaci; e in cima a queste sta la medi-cina, nella quale si vede talvolta il fiore dei biricchini senza testa e senza cuore a sorprendere la sim-patia e la fiducia di molti a scapito dei valentuomini. Ma questa piaga della società e della facoltà è cronica e affatto incurabile. Lo sparlare degli individui non vi apporta alcun giovamento; anzi peg-giora il male, giacchè i moti della più santa indignazione passano per invidia: capite? si arrischia nien-temeno che di essere creduti invidiosi di persone che sono al di sotto della maldicenza, perchè la maldicenza finisce sempre a dare qualche importanza a chi ne è soggetto. Per costoro la migliore del-le riprovazioni sta nello schivare con ogni studio di parlarne: quando alcuno li loda, tacere: pressati a dirne il vostro avviso, rispondere freddo

freddo: «non lo conosco abbastanza», e dare una voltata al discorso. Il silenzio ostinato e anche affettato di chi sa e può parlare, oh! è di una eloquenza terribile: è l'ideale della maldicenza.... e nel tempo stesso nessuno potrà mai dire che sia maldicenza. Perciò ha ragione il proverbio che un bel tacer non fu mai scritto, e avrebbe dovuto aggiungere che non fu mai nemmeno parlato.

Ma, oimè! noi siamo a tavola, e io calpesto i primi elementi dell'arte mia opprimendovi di morale: e Dio sa che morale! A lei, signor canonico, che ne dice di questo schizzo teorico sulla maldicenza? — Dal pulpito sarebbe una dottrina un po' troppo nuova e zoppicante; ma esposta fra i bicchieri e per ridere... — Oh, s'intende bene che è per ridere; anzi se ho detto degli spropositi grossi è perchè nella maldicenza sono malpratico e fiacco, e m'è impossibile tener fronte ai teologi. Giorgio! mi avevi promesso non so che piatto di polpettine particolari.—A momenti verranno. — Bravo; sono la mia passione.

CAPITOLO OTTAVO

È però una fortuna che a rendere meno frequenti i discorsi cattivi ci provedono i discorsi semplicemente sciocchi; i quali, se la compagnia raccolta ha i cervelli un po' vacui d'idee migliori, hanno diritto di campeggiare durante la mensa; e campeggiano, che è una maraviglia. Uno dei principali discorsi a tavola è l'elogio delle vivande, che molte volte diventa un coro di esclamazioni ammirative. «Delizioso! — Superbo! — Impareggiabile! — Divino!» Uno dirà di non aver mai mangiato una cosa tanto squisita; l'altro dirà: «Questo piatto è la mia passione»; e se state attenti vedrete che almeno per due ore è uomo a passioni insaziabili e divoratrici, perchè dalla minestra fino al caffè trova tutto superlativo, e mangia come un lupo.

Il più bello è quando il padrone di casa fa egli stesso il panegirico del proprio pranzo. Un convitato dirà: «Buono assai questo vino»; e il padrone: «Capperi, lo credo anch'io, e come costa caro! è vino vecchione di Groppello, proprio del migliore che fa l'Arcivescovo; e non lo si dà a chiunque, veda: è una fortuna che io conosca il fattore di Sua Eminenza che ogni anno me ne mette in serbo un barile: insomma, per vino nostrale e pasteggiabile, non permetto ad anima viva di berne uno più amabile, più morbido, più salubre di questo. Osservi, che limpidezza, che colore di rubino; senta che abboccato: è che non ci si pensa perchè va giù come il latte.» Un altro loderà il manzo; e il padrone: «Ma le dirò io: è che io mi provedo alla macellaria mastra del tale che serve anche la Corte fornita sempre delle bestie migliori: e poi non basta: col beccajo non si scherza, e bisogna ai suoi tempi, a pasqua, a ferragosto, a natale andar giù gobbi colle mance, come fo io: se no, invece di buona carne vi danno ossa, giunta e nervacci, che è una maledizione. E così quando il capo-giovane ha uno spicchio di petto che ruba gli occhi, o una coppa da trinciar col cucchiajo, la mette in disparte per me e, non fo per dire, io ho sempre un manzo-fagiano, che migliore non si può mangiarlo nemmeno alla tavola di un marchese.»

L'elogio delle vivande conduce facilmente a descrizioni sul modo di cucinarle; e non è raro che la padrona di casa si spoetizzi enumerando gl'ingredienti d'un intingolo o d'una pasta, e le loro dosi, e il come si faccia a combinarle: per esempio: «Ecco come si fa: si pigliano tre uova fresche, tanto il tuorlo quanto l'albume, e si sbattono ben bene in una scodella con una zaina e mezza di latte che non sia stato spannato, due cucchiajate di zucchero, un poco di drogheria fina, due terzi d'un mostacciuolo trito, e sale in proporzione: poi si mette una mezza libbra di fiore di farina sulla tavola ben netta, le si fa un buco piuttosto grande nel mezzo, e si versa dentro il liquido, e poi si incorpora a poco a poco, e poi....» con quel che segue. Per gli uditori che non bramassero simili istruzioni, figuratevi che cosa interessante a sentirsi recitare una pagina del Cuoco Piemontese o della Serva istruita. Dico che la padrona di casa con queste lezioni si spoetizza, qualunque fisonomia o età essa abbia: perchè non vi è solo nella donna la poesia della bellezza, dei vezzi, dello spirito, ma v'è anche quella di padrona di casa che noi convitati vogliamo imaginarci seduta in sala e occupata in opere gentili, e non ai fornelli a lavorare. Stia pure in cucina tutto il giorno, se abbisogna: faccia anche tutto il desinare con le proprie mani: ma non ce lo racconti, perchè queste sono cose che noi non dobbiamo saperle. Se poi intanto che la signora vi spiega quel processo da credenziera, guardandole a caso le dita, vedete l'anello matrimoniale infarinato, e un po' di quella pasta seccata sugli orli delle ugne, allora il caso da prosaico che era diventa poetico al massimo grado.

Alcuni convitanti vanno all'eccesso opposto, non facendo altro, durante la tavola, che sciogliersi in iscuse e condoglianze per chi ebbe la mala fortuna di aggradire un trattamento così indegno del merito del signor tale o della signora tal' altra: e sarà un pranzetto eccellente. «Perdoneranno, ma è stata una gran petulanza la nostra di voler abusare della loro bontà: loro che saranno avvezzi a pranzi di cuochi, ma di quei delle feste, adattarsi a venire da noi a mangiare i fegatelli! fossero almeno riusciti bene: ma sono stracotti e diventati duri come le suole dei miei stivali: basta, in questo mondo bisogna passarne di ogni sorta. Oibò, questa salsa come è agra: scortica la lingua! non vorrei che proseguissero a mangiare per non mortificarci: Caterina, cambia subito il piatto a questi signori; è impossibile che vadano avanti. Ma! quella demonia là in cucina pare che colga tutte le occasioni in cui si vorrebbe far meno male, per far peggio del consueto; voglio darle gli otto giorni.» Costoro levano il respiro a un galantuomo, e lo riducono a non saper più cosa rispondere, nè come contenersi. Con siffatti originali l'invitato è costretto a star sempre in guardia di sè stesso, onde non concedere mai nulla per distrazione, e bisogna prevenire le critiche lodando ogni cosa, e dicendo male dei pranzi di lusso, dove tutto è etichetta e manca ogni cordialità.

Un altro gran tema di ciarle, perchè alle mense del buon popolo si ripete regolarmente e inevitabilmente ogni otto o dieci minuti, è quello delle insistenze perchè gli altri si servano prima, e delle proteste per voler servirsi dopo. «Favorisca lei. — No, assolutamente. — Prima il bel sesso. — Almeno per questa volta. — La preminenza alla santa chiesa (se c'è un prete). — Faccia grazia a servirsi. — Ho sempre da essere io la prima? non la ci sta.» Intanto due o tre voci all'unisono esclamano: «Avanti dunque l'uno dopo l'altro di seguito senza tante cerimonie:» e il padrone: «Chi passa perde, l'ho già detto molte volte:» e dio sa quante altre dovrà dirlo: e il piatto, spinto, respinto, ondulante, sobbalzato da levante a ponente sembra un battello in gran burrasca. Questa scena ripetuta ogni mo-mento per tanto tempo, e che è anche causa di tanto perditempo, non vi pare abbastanza fatua e no-josa e degna di essere affatto sbandita da ogni mensa ove ci sia un po' di senso commune?

Per ottenere questo intento.... «Oimè, cos'è stato? — Niente, niente di male: dell'acqua fresca! — Oh, mai: l'acqua non fa che dilatar l'unto: ci vuole il sale. — Per carità, si guardi bene: non c'è come il sale per levare il colore: un poco di acetosella: me l'ha insegnato il mio speziale. — Povera donna Eufrasia! nel combattere di compitezze col signor Onofrio, e respingere il piatto, s'è versata addosso mezza la broda del lepre. — È seta o lana? — Mi rincresce perchè è nuovo, è la seconda volta che lo metto, e solamente il taglio costa cento trentasette lire. — Sono desolato, tanto più che ce n'ho un poco di colpa anch'io: ma circa al vestito, stia tranquilla, perchè ho io un secreto, col quale vorrei conoscerla quella macchia che possa resistere: e dentro di dimani o nessuno sarà tanto bravo da indovinare dove fosse la macchia, o che io non mi chiamerò più Onofrio.» Vedi, mio caro Giorgio? le cause di questa disgrazia sono due: una speciale, e ne sei responsabile tu e l'altra generale. La prima è che il piatto contenente il lepre è troppo piccolo, e perciò la broda saliva fino all'orlo, e perciò era da aspet-tarsi quello che è accaduto. Dunque tieni a mente per l'avvenire, che le vivande con salsa, o con li-quido qualunque, insomma i piatti in umido, si devono servire in un recipiente abbastanza concavo, e capace di assai più di quanto vi sta dentro. L'altra causa poi è quella di cui appunto io stavo discor-rendo, il maledetto vizio delle cerimonie stolte: l'uno calca il piatto in là, l'altro lo calca in qua; e che cosa poi ne nasca, dimandalo a donna Eufrasia che è lì col viso lungo lungo, e col naso rosso dalla stizza.

Insomma, non si dovrebbe mai lasciare il piatto in balìa dei commensali, che è come dare le armi in mano ai fanciulli o ai matti. Chi dunque non ha bastanti domestici da destinarne uno all'operazione principale di girare intorno a servire, si faccia imprestare il servitore di qualche vicino di casa, o faccia salire il portinajo, oppure il parrucchiere della contrada (una classe di gente così alla mano, così servizievole, che per il prossimo fa di tutto): e inculcateli bene di servir sempre da sinistra a destra i commensali, affinchè questi agiscano comodamente da destra a sinistra come chi si leva la spada: e insegnateli bene che se alcuno è distratto in ciarle o rivolto al vicino, si deve avvisarlo sommessamente e non dargli del gomito nelle spalle.

E quì piglierò occasione di dare un piccolo avviso anche agl'invitati. Quando vi cambiano il piatto lasciate fare e non opponete goffe e grette osservazioni. È questa una pecca non infrequente, massime nelle signore molto casalinghe e alla buona, di voler far servire un piatto per due vivande. L'una dirà: «Oh, non è sporco»; l'altra; «Il mio è netto; l'ho nettato io con la molica di pane:» una terza «È buono ancora; c'è stato sopra la galantina che è asciutta.» Per carità, non dite mai più siffatte cose! Se una famiglia vi dà un pranzo, credete forse di farle un favore o una economia risparmiando alle persone di servizio la lavatura di un piatto? Pare quasi che sappiate per pratica che è una operazione fastidiosa. Se per caso si dimenticano di cambiarvelo, vada: altrimenti, ognuno faccia il suo mestiere, e il vostro è di lasciarvi servire, e di saper rappresentare per qualche ora la parte di persone gentilmente avvezzate: non è poi una eternità da non poterci durare: basta il non voler agire di propria testa, ma fare quietamente come fanno tutti gli altri.

Ma, per essere imparziale con ambo i sessi, come credo esserlo con tutti i ceti, darò un altro piccolo avviso che riguarda quasi esclusivamente gli uomini. Alcuni, abituati alle tavole dei ricchi, dove a ogni vivanda si cambia la posata, si dimenticano che nella classe media questo lusso non si pratica: e, vuotato il piatto, gli mettono sopra in croce coltello e forchetta. Male! questo atto di distrazione im-plica un'esigenza che imbarazza e mortifica chi non può soddisfarla. A certe tavole numerose, per dirla quì in confidenza, non v'accorgete dalla varietà della forma e della cifra che le posate strettamente necessarie sono per metà imprestate? E dove le persone di servizio sono già troppo poche, dovrà uno correre un tratto in cucina per lavare la vostra posata, e intanto lasciarvene privo per cinque minuti? Ci vuole occhio e riflessione anche in queste faccenduole. Il così detto tatto sociale, ossia il saper vivere, consiste piuttosto nel capire i rapporti e le convenienze del gran numero delle cose piccole, che del piccol numero delle cose grandi e straordinarie; dove, se le passioni fanno velo all'intelletto, siamo quasi tutti d'un criterio eguale, e soggetti a pigliar gamberi spaventosi. Il saper vivere consiste nel sentire quasi istintivamente, cioè per rapido e inavvertito esercizio del buon senso, l'atmosfera in cui ci troviamo collocati, e saper subito acclimatarvici: e in un sito essere affatto alla buona, in un altro tenerci a livello delle più squisite maniere: entrando in un circolo di persone nuove, indovinarne dalle prime parole, e quasi dal primo giro d'occhio sulle fisonomie, l'indole dominante, e non fare il dotto con gl'ignoranti, nè il frizzante coi semplici, nè il democratico con quei del blasone, nè lo stordito o lo sciocco, se è possibile, con gente seria e di carattere; nè pretendere molte forchette e molti coltelli dove ce n'è appena per il bisogno. In queste e tant'altre simili cose stà il viver del mondo. Che i signori tengano gran quantità d'argenteria da tavola, va benissimo: come fanno ottimamente a tenere molti servitori, molti cavalli, molti quadri, ecc., perchè il lusso alimenta il commercio, le arti, l'industria, ed è una benedizione sociale. Ma se c'è una superfluità, della quale nessuno dovrebbe sentire la mancanza, è proprio quella del cambiar le posate. Ragioniamo un poco filosoficamente. Diogene fu pure un uomo straordinario: forse il più matto degli uomini savii ma anche il più savio degli uomini matti; insomma, qualche cosa di grande, se dopo tanti secoli il suo nome è ancora celebre e popolare in tutto il mondo. Ebbene, egli per cibarsi, e fino per abbeverarsi, non adoperava che lo strumento naturale delle proprie mani; e questa fu una delle sue glorie maggiori. E noi che nel fiore della vita e della superbia siamo conosciuti appena da poca gente del nostro paese; noi che presto presto saremo nell'infinito numero di coloro dei quali non si parla più affatto; noi per desinare avremo bisogno di un mucchio di posate per ciascuno? In quanto a me, se il trionfo della filosofia volesse un sagrificio, starei al patto di pranzar sempre da principe con una posata sola: e voi?

Ma il principalissimo dei discorsi alle tavole del popolo, il discorso per antonomasia, quello che domina su tutti gli altri, o almeno gli accompagna e gl'interseca, come l'aria che si addossa a tutti i corpi e penetra per ogni buco, è l'eccitare e il costringere i commensali a mangiar molto, e di ogni cosa. «Un altro bocconcino! — Ne ho proprio abbastanza. — Almeno questo pezzetto, è tanto una inezia! — Ma tiri giù, per bacco, lei mangia come un uccellino. — Oh, anzi, ho già disordinato. — A quest'aletta poi non si dice di no; ha ciera di essere così ben cotta. — Andiamo dunque, quante smorfie! o che lei si sente male, o che ha già desinato in casa sua»; e altre mille consimili maniere, es-sendo infinite le formole con le quali si obbliga un povero diavolo a pigliarsi una buona indigestione. Viene in tavola un piatto di polpette: attenti, attenti a Giorgio. «Oh, ecco le famose polpettine della serva: è un cibo un po' di confidenza, ma è una specialità della mia Gregoria che io preferisco a tutti gli artifizii dei cuochi, e spero che a momenti me ne daranno informazioni. La mia servetta (giacchè è voltata via un minuto) ha mille difetti; lingua lunga, grattar sempre qualche soldo sulla spesa, far all'amore come una gatta, e poi mi beve lei sola mezza la cantina; l'avrei cacciata di casa cento volte, ma non è possibile perchè mi fa queste polpettine che sono un delirio. Signor avvocato, ne tira giù una sola? so ben ch'ella burla: subito un altro pajo; oh, in queste cause le proibisco di appellarsi: che diamine, perchè non mangia nulla oggi? pretenderebbe forse di distruggere il proverbio sull'appetito e sui denti degli avvocati? Ma la vera morte di queste polpettine è a mangiarle fredde a colazione, che si tagliano così bene a fettine, con un po' di sale, con quell'unto che si rapprende in gelatina; insomma è una cosa da augurarsi per quel quarto d'ora sordi e muti e privi di tutti i sensi fuor del palato, affinchè l'anima si concentri tutta nella bocca. Ma, donna Eufrasia, coraggio! per quell'affare ci pensa il signor Onofrio; aggradisca una polpettina, almeno una: non dimando un regno, non le chiedo il cuore, ma solo di assaggiare una polpettina: mi farebbe questo torto di ricusarla?» (Mie care Eufrasie, quando vi capita qualche inconveniente agli abiti, applicategli la politica moderna dei fatti compiti: già nemmeno il diavolo vi rimedia, per il momento: dunque disinvoltura e forza d'animo, e non mostrarvi sciocche, e non rattristare gli altri col diventar taciturne e ingrugnate).

A proposito di polpette: alcuni vorranno sapere se a un pranzo un po' distinto sia lecito servirne un piatto. Il quesito è bello, e credo anche nuovo, giacchè non conosco alcun filosofo che lo abbia trattato mai. Dico dunque che, stando all'uso, non si dovrebbe farlo, perchè l'uso, cioè la pazza moda, ridusse la nostra cucina ad essere imitatrice servile della cucina francese. Ora, i Francesi sono talmente orbi e digiuni d'ogni nozione sulle polpette, che non hanno nemmeno nella loro lingua la parola per significarle: gl'infelici, che si credono il primo popolo del mondo! E a ragionar loro di polpette sarebbe come chi facesse ai cannibali il panegirico del papa. Le polpette sono una vivanda affatto italiana, anzi direi esclusivamente lombarda, dietro informazioni attinte da autorità gravissime in questa materia. Difatti, nel mio viaggio scientifico del 1845, in occasione del settimo congresso dei dotti, non mangiai e non vidi mangiar polpette nè a Napoli, nè a Roma, nè a Genova; e sì che io, da osservatore attento e coscenzioso, passava dai più rispettabili alberghi alle più modeste osterie del popolo. La vera metropoli delle polpette è Milano, dove se ne fa grande consumo; dove mi ricordo aver sentito molti anni addietro un vecchio conte a sclamare: «Se si potesse raccogliere tutte le polpette che io ho mangiate in vita mia, vi sarebbe da selciarne la città dalla Piazza del Duomo fino al dazio di Porta Orientale.» Pensiero poetico, iperbole sublime degna d'un gran patrizio principe delle polpette! Ora, io dimando: se costituiscono una vivanda tutta italiana e nostrale, non è appunto il caso di farne orgogliosa mostra sulle mense migliori? non difenderemo fino all'ultimo respiro la nazionalità e l'indipendenza.... almeno nelle polpette? Ricordiamoci qualche volta i versi meravigliosi del nostro non mai abbastanza lagrimato Giusti:

Chi del natìo terreno i doni sprezza,

E il mento in forestieri unti s'imbroda,

La cara patria a non curar per moda

Talor s'avvezza.

Filtra col sugo di straniere salse

In noi di voci pellegrina lue:

Brama ci fan d'oltramontano bue

L'anime false.

Taluno potrebbe objettare che hanno perduto il loro credito perchè nelle volgari taverne vengono confezionate e infarcite con materie scadenti, o peggio ancora con ogni avanzo e rifiuto dei giorni passati. Ma chi v'insegna di andarle a mangiare nelle osterie del popolacc.... volevo dire di quella porzione di popolo che non si deve più chiamar popolaccio? State un po' a vedere che non si beverà più il vino sincero per la paura dei vini traditori, e che negheremo la dovuta venerazione all'oro, perchè i falsarii mandano in circolazione monete di lega ladra. Dopo questo sfogo di amor filiale verso la cara patria, lascerò che ognuno la pensi a suo modo in tale argomento, e chiuderò con un aneddoto interessante.

Durante il cessato Regno d'Italia (intendo quello che cessò nel 1814) il prefetto di un certo dipartimento era ghiottissimo per le polpettine e ne faceva la sua quotidiana delizia. Occorse, come occorreva spesso, di dover celebrare una vittoria di Napoleone col solito Tedeum e coll'inevitabile pranzo diplomatico. La sera antecedente, fattosi recare dal cuoco la lista dei piatti, nello scorrerla disse: «E le polpette? — Oh, si figuri: almeno per dimani bisogna farne senza: è pranzo di etichetta. — Vi dico che voglio le polpette, e non ascolto repliche. — Mi perdoni, ma piuttosto lascio quì grembiale e berretta e vado via: ho anch'io le mie convenienze.» Sopragiunse la moglie che, udita la questione, si mise risolutamente dalla parte del cuoco. Il decoro della carica non permetteva in quel momento ulteriori diverbii, e s'andò a dormire. Ma come poteva dormire Sua Eccellenza avendo in corpo la rabbia di quella disdetta col cuoco, con un vil servitore non pagato nemmeno dall'erario, ma dal suo privato peculio? Difatti non chiuse occhio se non dopo aver meditato e fissato un suo progetto di rivincita pel giorno seguente. Alla mattina, tutto serio e taciturno, si preparò in grand'abito di gala, e quando, alle undici, gli annunziarono che la carrozza era pronta, precipitò come fulmine in cucina, e piantandosi duro nel mezzo, con la destra sull'elsa della spada, gridò: «Cuoco! jeri sera avete disobedito al padrone di casa: oggi, intendetemi bene, vi parlo come magistrato e rappresentante del sovrano: comando le polpette!» e calcatosi con fierezza sulla testa il cappello piumato, si slanciò sdegnosamente nella carrozza e corse alla cattedrale a celebrare la vittoria di Napoleone e la propria.

Ma riprendiamo il filo del nostro discorso: dove siamo rimasti? ah, sì; all'abuso di costringere gli invitati a mangiar troppo. Sapete, miei cari, che questo è un disordine quanto comune, altretanto grave? A un pranzo d'invito i più passano già la solita misura, e danno in qualche intemperanza; ben inteso, anche coloro che hanno un ottimo desinare in casa propria, perchè insomma la varietà e la compagnia e l'allegria sono stimolo a ciò. Perchè dunque volere che un onesto divertimento si cambii in un attentato alla salute? È troppo fuori d'ogni ragionevolezza il supporre che i commensali per discrezione male intesa o per timidezza o per qualsiasi altro futile riguardo si astengano dal soddisfare pienamente l'appetito. Perciò lasciate che ognuno si serva a norma del proprio ventricolo e del proprio gusto. Ma no: si sorveglia, si prega, s'impone, si sforza, e si arriva perfino alla gherminella di far rivolgere altrove lo sguardo del perseguitato con qualche pretesto per fargli magicamente ricomparir davanti il piatto pieno. E se taluno rifiuta affatto una vivanda, è un farsene le meraviglie, e volerne sapere il perchè, e quasi instituirne un processo. Da ciò le perpetue spiegazioni, ora del signor Nicodemo che vi narra come egli da una certa epoca in poi, dopo una strana malattia, prese in aborrimento qualunque verdura, e in qualunque modo cucinata, ad eccezione della tale: ora è la signora Zenobia che vi racconta del suo insuperabile ribrezzo sino dalla infanzia per ogni sorta di stracchini e di formaggi grassi, dei quali il solo odore le sconvolge lo stomaco: e che quand'era piccina, suo padre e sua madre, credendolo un capriccio, tentarono cento volte di romperglielo con le buone e con le cattive, fino col farle mangiare lo stracchino nascosto e larvato da altre materie alimentari; ma ella ne stava malissimo e sempre lo rimetteva. Oh caro a tavola, oh adorabile quell'elegantissimo rimettere della signora Zenobia!

Il male sarebbe assai minore se il padrone e la padrona di casa s'incaricassero soli di questo genere di persecuzione: due contro molti si stancherebbero, e di quando in quando lascerebbero respirare le loro vittime. Ma quella cura se la dividono gli amici di confidenza, gli abituati della casa, che spesso sono i più insistenti e accaniti. Che più? perfino il commensale novizio e timido, entrato in relazione coi vicini di posto per qualche sommessa ciarla, ne approfitta subito per animarli almeno sotto voce: «Come mangia poco la signora! — Ma lei si tira giù le dosi omeopatiche. — Perchè lascia passare questo intingoletto? Ha un odore che rapisce.» E non è rarissimo il caso che il domestico nel presentarvi il piatto si faccia coraggio egli pure a seccarvi un pochettino. Insomma, le più allegre mense del buon popolo molte volte sembrano sotto all'influenza d'una congiura di tutti contro ciascuno e di ciascuno contro tutti per ottenere lo scopo finale dell'intemperanza e della scorpacciata.

Ma v'è ancora di peggio. Quanto al mangiare, una persona, per compiacente e domabile che sia, arriva a quel punto che non può più progredire per la semplice ragione che non è più capace di cibo: e le conseguenze del disordine saranno una digestione laboriosa, qualche peso alla testa e allo stomaco, non dormire una notte; insomma poco male, quando il male sia una rara eccezione alla regola della vita. La cosa cammina ben diversamente col bere. Il vino si lascia ingollare con una terribile facilità, e chi con eccitamenti abusa di una persona distratta nel calor della ciarla, può renderla prima ubriaca che conscia d'aver bevuto più che poco. Ubriacarsi! sentite tutto lo sconcio di questa idea che deve incutere ribrezzo ad ogni animo delicato? Che dolore e che rimorso per gente onesta vedersi davanti un galantuomo che per condiscendenza alle importunità vostre ha perduto anche momentaneamente il sentimento della propria dignità, e s'è ridotto a dare brutto spettacolo di sè con un'allegria incomposta, con una parlantina sfrenata o d'indole pericolosa: o, peggio ancora, preso da umore tetro, sospettoso, bestiale, interpretare sinistramente ogni parola altrui e pigliarne fornite di litigi e di provocazioni! Casi rari, eccezionali, dirà taluno. Bagattelle! non ci mancherebbe altro che di essere frequenti: intanto se non lo sono, certo non è per omissione vostra. E non occorre arrivare fino a quel punto per darci la prova che gli eccitamenti a bere sono di peggior natura di quelli intesi a far mangiare: e io per la troppa evidenza della loro intolerabilità mi limito ad annunziare il fatto che sono nientemeno communi e insistenti degli altri. Basta bene che la copia e la varietà dei vini sieno una tentazione per sè, senza avvalorarla con le vostre preghiere. Figuratevi che quando uno si rifiuta a bere per l'ottima ragione che ha già bevuto anche troppo, si arriva a rispondergli: «Ebbene, beva senza paura di questo vino che fa passare.» Ma di grazia, che cosa fa passare? tutto l'altro vino? È proprio così che l'intendono. Oh scienza nuova e sconosciuta ai fisici profani! hanno inventato il vino che lava via tutti i vini già bevuti, e i loro dannosi effetti. Ma è scienza di popolo, e il buon popolo non si lascerà mai rubare nè confutare le proprie scoperte.

Il pessimo poi del genere in discorso è quando tali importunità si usano col bel sesso. Le donne, in generale, mangiano assai meno di noi, e bevono pochissimo, e più acqua che vino, e alcune a tavola hanno l'aria di assaggiare a spilluzzico le vivande anzichè di pranzare: perchè così porta il loro temperamento. Pensate dunque che fastidio e che tortura per una fanciulla gentile e per una delicata signora a sentirsi ogni momento motteggiate e fatte oggetti di meraviglia e disapprovazione perchè non mangiano come i doganieri e non bevono come i vetturali. Vedete là quella bella ragazza seduta per antitesi fra due pancioni di famosa voracità. Costoro che si servono di tutto in porzioni formida-bili, mirano trasognati, anche coll'occhialino per ischerno, alla mezz'oncia di pietanza che tocca ap-pena il piatto della signorina, e ne menano rumore come di cosa incredibile. Tutti guardano e parte-cipano alla meraviglia, e la persecuzione incomincia da ogni parte. «Signora Cecilietta, l'aria non tien pasto. — Ma si ricordi che quì non è in collegio sotto alla sorveglianza della direttrice. — E dove al-le educande si contano i bocconi in bocca. — Almeno a tavola non bisogna essere così sentimentale. — Scommetterei che è innamorata. — Sì, sì, l'hai detta giusta: vedi come diventa rossa. — Poveri-na! ci sarebbe da stupirsene? è la sua età. — Ebbene, l'amore essendo una felicità dovrebbe aguzzare l'appetito. — Un brindisi alla salute del suo amante. — All'adempimento de' suoi desiderii» ecc. Ah brutali che siete! una zitella graziosa allieta e infiora la vostra mensa coi vezzi della bellezza, della modestia, delle maniere soavi e squisite; e voi le fate scontare queste consolazioni degli occhi e del cuore con le apostrofi più grossolane e allarmanti? E, dico, che razza di raziocinii! mangia poco, dunque è innamorata: e la controprova di ciò è che diventa rossa a cantargliela sul viso in piena assemblea. Non vi pare che diventerebbe di bragia anche una funambula dismessa? Eppure, se, grazie al cielo, non sono frequenti i modi da me ora descritti, è per nostra disgrazia frequentissimo questo metodo di ragionare.

Concludiamo: trattasi di un vino scelto, o di un piatto di bontà particolare? sarà non solo lecito, ma conveniente l'invitare senza sforzo i commensali a servirsene ripetutamente: chè ogni regola ha le sue eccezioni; e non amo che interpretiate i miei consigli per precetti pedanteschi, indeclinabili, arcigni. Ma in via di massima generica, e più generica che sia possibile, guardatevi dall'importunare chic-chessia perchè mangi o beva a misura della vostra mal'intesa cordialità; ma lasciate che ognuno fac-cia a modo suo: e credetemi che ho insistito assai su questo disordine perchè è il peggiore e il più molesto e il più comune dei pranzi popolari. Oh che bel vanto sarebbe il mio di veder riformati i viziosi costumi delle mense, e quanto ne andrei glorioso! Aspiro alla gloria anch'io, vedete: ma non già alla gloriola dei dotti e degli scrittori dozzinali, come sarebbe: o essere celebrato da molti giornali che lodano egualmente libri ottimi e libri pessimi, e talora meglio questi di quelli: o diventar cavaliere di alcuno dei molti ordini equestri che vi lasciano sempre andare a piedi: o essere inscritto a sei o sette di quelle academie croniche, i di cui socii con esemplare ingenuità si chiamano da sè stessi membri effettivi. Oh, no! non è a questi rami di gloria che io dedico la severità degli studii, la pertinacia delle veglie, il sagrificio della salute. Sono ben altri gli scopi della mia ambizione: io tendo a distruggere davvero gli abusi che vo mano mano descrivendo: io spero dal mio libro frutti di popolare incivilimento. Quanta consolazione se da quì a un anno mi arrivassero buone nuove da tutte le parti! per esempio: che alla mensa del tale, dove si sedeva così stretti e disagiati, ora ci si sta comodamente e si può muovere le braccia: che il signor tal altro ha fatto mettere nella sala da pranzo una stuoja e una stufa: che in casa A non si è più obbligati a lodare tutte le vivande dacchè il padrone non ne parla più: che un buon padre di famiglia sentendo a intavolarsi ciarle di cattivo genere, ebbe il coraggio di dire: «Signori, il recente trattato sull'arte di convitare anatemizza severamente questi discorsi, mas-sime dove vi sono ragazzi»: che perfino l'amico Gervaso da qualche tempo non si fa più uno stretto dovere di mandar via brilli i suoi invitati a forza di farli colmare e vuotare i bicchieri ecc. ecc. In-somma, io spero nientemeno che di raggiugnere in parte lo scopo che si prefigge il mio libro: cosa che ai libri non accade quasi mai di ottenere.

CAPITOLO NONO

Giacchè s'è nominato per incidenza il vino, mi fermerò un istante a parlarne di proposito. V'ha della gente così dabbene e ingenua che non se ne occupa punto: e quando per un pranzo hanno pensato alle casseruole, credono di aver provveduto a tutto. Ma dico, di grazia, per chi ci avete voi scambia-ti? siamo noi persone materiali, capaci solamente di mangiare? noi vogliamo anche bere, e seriamen-te. Dunque, senza cerimonie, come si sta a vino in casa vostra? Notate che dico a vino e non a vini, e consolatevi: perchè vi tolgo addirittura lo sgomento di pretensioni indiscrete: mentre io pongo per massima che i vini sono un lusso dal quale si può anche dispensarvi affatto, quando che il vino è in-declinabile necessità. E per vino intendo quello nostrale, di botte, il così detto vino da tavola o pa-steggiabile, che è fondamento e base del bere savio e ponderato e durevole, per quanti vini possano interporlarlo momentaneamente e in via di parentesi: come un fiume è quello che è, e prosegue im-perturbato, dignitoso, col proprio nome il suo lungo corso per quanti rigagnoli o torrentelli vi metta-no foce. Anzi soggiungo, che i vini sono di solito i peggiori nemici del vino: perchè col pretesto che vi sono tre bottiglie del celebre vino tale, e quattro del famoso tal'altro, alcuni si permettono niente-meno che di dar cattivo il vino vero, il vino-base, che appunto si chiama pasteggiabile perchè amico e compagno indivisibile del pasto; sul quale siamo inesorabili, perche è il più salubre e passante, perchè si può berne anche spensieratamente più dell'ordinario senza pericolo che dia alla testa, perchè estin-gue la sete senza uccider la fame, perchè s'addice all'abitudine, al gusto, al bisogno dell'immensa maggioranza della gente educata e dabbene. Mi ricordo che molte volte da mense altronde laute e copiosamente servite di vini esotici (Alicante, Madera, ecc., che non sono mai vini di fondamento), io partii con la rabbia di non aver bevuto nel vero e degno senso della parola, e quasi col terrore di una sete trascurata. Mi occorse perfino il caso che, trovandomi a una tavola numerosissima fra quat-tro o cinque amici soliti a capitarvi, ebbi ad esclamare: «Se costui seguita a darci questo infame d'un vino brusco, bisognerà risolverci a farlo chiamare alla Polizia.» Dal che nacque un sì sfrenato e scan-daloso ridere, che il padrone, seduto al capo opposto della tavola, volle saperne la causa: e io fui co-stretto a improvvisare una stolida filastrocca che elevò quel ridere fino ai dolori di ventre, e al peri-colo di soffocazione. Ancora oggidì, incontrando alcuno di quegli amici, mi dimandano quand'è che faremo chiamare alla Polizia quel tale. Ora però che con tanto sacrificio di oro e di sangue s'ha otte-nuto il cambiamento di molte parole, si dovrebbe dire all'Ufficio dell'ordine pubblico, o di publica si-curezza.

Dunque, intendiamoci bene: per quanti vini scelti o sceltissimi teniate a servizio della tavola, abbiate sopra di tutti e prima di tutti il vino da tavola, che sia saporito, leggiero, trasparente, non nero carico, non azzurrognolo, per carità! (che sono vini grossi, dolciastri, indigesti), non aspro, non acido, che non abbia fiore, che non senta di muffa o di doga guasta: insomma, il legitimo e onesto e ben con-servato vino nostrale, di cui la Lombardia, dal bene al meglio, abbonda quasi dappertutto. E non te-mete pei vostri invitati se detto vino costa poco: perchè su questo articolo il caro costo non è indizio di merito maggiore, ma della maggiore ricerca della plebaglia da bettole, che paga il duplo o il triplo i vinacci duri e pesanti; perchè infine, mettetevi bene nella testa che chi non sa gustare il vino da venti franchi la brenta è indegno di accostare le labbra a quello da venti franchi la bottiglia. E difatti, la gente dal palato ottuso che pratica i vini color d'inchiostro e si fa beffe dei leggieri e graziosi, non darebbe dieci soldi d'una bottiglia di Bordò, prima qualità. Notate poi bene che il vino da tavola de-ve essere in tavola tosto che comincia il pranzo, o anche prima, essendo assai più giusto che egli aspetti noi, anzichè noi attendiamo lui. V'hanno taluni così inesperti del mestiere, che sono capaci di lasciarvi a tavola un eterno quarto d'ora senza vino: e poi finalmente si vede alcuno della famiglia a porsi un qualche cosa tra le ginocchia, e con fuori tanto d'occhi e di lingua, tira, tira, tira, v'è riescito! e ci versa come fosse manna del cielo un vino da metter subito all'Indice. Oimè, farci attendere tanto tempo, e poi cominciare coi vini furbi e manipolati! Un commensale nuovo capisce addirittura lo stile della casa, e dice in cuor suo: «Per oggi sto fresco: ma non me la farete una seconda volta.» E poi, che volete? alle mense del buon popolo i vini suggellati inspirano d'ordinario una troppo giusta diffidenza, perchè i più non se ne intendono e sono troppo facili ad accontentarsi dei nomi: e in materia di vini, sotto a nomi celebri e venerabili, girano in commercio bevande così perverse e immorali che, a dirvi il mio debole sentimento, mi fanno assai più paura che il Socialismo. E non è solo a tavola che i galantuomini mal si prestano a sì fatti liquidi: ma quando occorre talvolta di fare una gitarella in campagna e d'arrivare in casa d'amici che recano da bere, «Sì, rispondiamo, ma via subito quei piccoli calici e quelle bottiglie con catrame, e dateci in cambio il vino fresco di botte, di quello che se ne vuota d'un fiato solo un bicchierotto, e cava la sete e consola lo stomaco.» E difatti, che razza di vini sono cotesti da sorbire nei ditali, e sui quali bisogna sbattere la bocca e fare una meditazione per definirli? Il più delle volte sono porcherie senza patria e senza nome. Trovandomi in una casa ove si servivano paste e vini, il padrone mi si accosta con un cierino di gran compiacenza, e dice: «Adesso, dottore, voglio farti provare un vino particolarissimo, che ho fatto proprio io colle mie mani.» Dopo averlo assaggiato, non ho potuto a meno di rispondergli: «Sarà che io non me ne intenda, ma bevo più volontieri quei vini che fanno gli altri coi piedi.» E tenete a mente che i vini troppo abbondanti di parte zuccherina o spiritosa sono nemici del pasto; e tenete a mente che la maggior parte dei vini che passano fra il popolo sotto il titolo generico di forestieri, oltre al non essere vini da tavola, quando anche fossero legittimi, sono il più delle volte perfide manipolazioni fatte quì tra le nostre mura lombarde; per esempio, certi decotti di liquirizia alcoolizzati che si battezzano per Malaga e per Cipro. Ma si! vedete là sulla credenza quella bottiglia che affetta la capacità di un boccale e arriva appena alla metà in virtù di un imbuto che dal fondo sale quasi fino al collo in forma di berrettone da pagliaccio: e v'è scritto sopra a stampa MALAGA VECCHIO. No, miei cari, quel vino non è vecchio, e non è stato a Malaga più di me: tutto è impostura in quella bottiglia e di dentro e di fuori; e solo a vederlo da lungi si capisce che ve l'ha regalata il droghiere a natale, e che è un vino fabbricato nella sua cantina. Un'altra avvertenza importante. Chi non è ben certo della patria e del carattere e del merito delle proprie bottiglie non dovrebbe mai versarne una, se prima non sia stata provata e riconosciuta degna: senza di che si arrischia di far bevere agli ospiti dio sa che robaccia. Molti si accontentano di sapere che il vino suggellato è, senz'altro, il vino buono: tengono in cantina una quantità di bottiglie senza indicazione di età o di provenienza, miste là insieme come le anime del purgatorio: e quando danno un pranzo, ne levano alcune a casaccio, e le servono in tavola. Ah compendii d'ignoranza e di stoltezza! è questo il modo di tenere e di adoperare la vostra libreria? sapete voi se siano vini placidi o ardenti, e a qual momento del pranzo si debbano versare? sapete se siano acerbi di stagionatura, o passati? sapete se questa o quella bottiglia sia svaporata, o divenuta aceto? Non sanno nulla, i traditori. Sapete finalmente che qualche bottiglia potrebbe non esser vino, e contenere o del rhum, o una conserva, o una salsa? Sentite un aneddotino.

Un dopopranzo io passeggiava con un buon amico, che mi lodava a cielo un vino di Valle Polesella da lui fatto imbottigliare qualche tempo prima: l'aveva fatto assaggiare a molti, e tutti ne facevano le congratulazioni: infine concluse che si andasse subito a giudicarne. Un passo dopo l'altro, si va: scende egli stesso a prenderne una bottiglia, perchè in queste cose non bisogna fidarsi di nessuno; e nel versarne due bicchieri, mi dimanda: «Te n'intendi tu di vini? — Eh, così: quanto basta per distinguere a lume di naso l'ottimo dal pessimo. — Peccato che tu non sia un conoscitore di prima sfera: mi sapresti dire che vino bevi.» Intanto che io l'accosto alla bocca, egli col bicchiere in mano, e con un cierino di esultanza studiava i moti del mio volto, aspettando l'esplosione delle lodi. Ma, accorgendosi che la mia meraviglia era tutt'altro che ammirativa, e che stava per iscoppiare in una risata, mi prevenne: «Per carità, non farti compatire, chè saresti tu il primo a non trovarlo superbo. — Ma ti dico.... — non c'è niente da dire, nè da eccepire; e se lo critichi, ti farò canzonare da tutti. — Difatti è impossibile criticarlo, perchè questo non è mai stato vino.» A tali parole guardò finalmente il suo bicchiero e si mise a fiutare. Indovinate un poco! era nientemeno che caffè brulé.

Ancora due parole. Giunti che saremo all'arrosto nessuno pretenderà da voi lo sciampagna, che è vino di molto lusso e di troppo costo: anzi, se non siete ricchi, verrete santamente disapprovati a volerne servire un pasto d'amici, salvo il caso di festeggiare alcun fortunato avvenimento. Ma non crediate però di sostituirgli quella vuota fatuità dello sciampagnino, che è esso pure una vinessa bastarda, e che pare una spremitura di mele cotte, con entrovi un granello d'orzo per darle un terribil impeto di fermentazione. Difatti all'atto dello sturare, per quanti sforzi s'impieghino a frenarne la furia, scoppietta, sprizza, scappa via, bagna dappertutto, le donne strillano, i ragazzetti piangono di paura, e tutto questo scalpore finisce nello sporcare la bocca con un sorso di schiuma o di saponata dolce co-me un purgante di manna.

Quì mi cade in acconcio il soggiungere alcunchè sui due più usitati e famosi vini forestieri, lo sciampagna e il bordò. Il primo lo chiamerò principe dei vini buffi, perchè difatti è un vino a lazzi e a smorfie, un impostore che illude con una quantità che pare non finisca mai, dacchè va tutto in bollicine, e con una bottiglia si riempiono venti o venticinque di quei lunghi calici o cannocchiali fatti apposta per lui. Molta parte del suo merito, senza far torto al merito reale, consiste in quel colpo che fa il turacciolo sprigionandosi con violenza e salendo alla soffitta fra gli applausi dei commensali. Insomma, è il vino prediletto al bel sesso, il vino delle frutta, dei brindisi, delle felicitazioni. Viva dunque lo sciampagna!

Ma il bordò è il principe dei vini serii, e perchè? per essere saporito, leggiero, molle, passante, che è quanto dire pasteggiabile per eccellenza. Vedete un poco come i fatti convergano spontaneamente alla teoria e le servano di prova, quando è vera la base scientifica. Credo che alcuni grandi pensatori difunderebbero rapidamente le loro dottrine se avessero il supremo ingegno di renderle pasteggiabili con una esposizione limpida, facile, amena: ma per solito riescono così aspri e duri e indigesti, che il mondo se ne spaventa, e non può avvezzarsi al loro vino. Sì, il bordò è il re dei vini, o il vino dei re, perchè possiede tutte le miti virtù del vino da pasto.

Se non che, io tengo col bordò un vecchio rancore che sta nella convinzion del suo prezzo esagerato: la quale idea non è solo relativa alle deboli borse, ma è assoluta: essendo che anche un ricco sfondato nei milioni ha sempre diritto di godere proporzionalmente alla spesa: e non trovo che il bordò stia a livello del suo valore venale: perchè insomma si sente che è un vino dilicato, distinto, meritevole d'essere pagato il triplo o il quadruplo, se volete, d'un buon vino nostrale: ma venti, ma trenta volte tanto, no, assolutamente no. Il peggio poi si è che il bordò presenta una terribile antitesi in confronto allo sciampagna: che, mentre di questo con un pajo di bottiglie in fine di tavola fate schiamazzare d'allegria una numerosa comitiva, dell'altro bisognerebbe, a rigore di logica, servir tutto il pasto, e quindi darne almeno una bottiglia per testa, perchè appunto è un vino pasteggiabile e leggiero. Quindi è un errore il darlo a pranzo avanzato, e quando si sono già serviti vini più energici:

perchè nella saggia economia del piacere si progredisce sempre a minori ad majus, e non si argomenta mai a majori ad minus: altrimenti diventereste, senza volerlo, uomini retrogradi, e veri codini, per usare una parola di moda. E che al pranzo debba applicarsi il grande assioma crescit eundo (ben inteso che la progressione non è già nel costo delle cose, ma nella efficacia delle sensazioni), lo si prova da ciò che si va gradatamente dalla blanda minestra fino al sapidissimo e aromatico arrosto. Si potrebbe invertire quest'ordine senza sconcio? sarebbe come studiare prima la retorica, e la grammatica dopo.

Soggiugnerò poi che il bordò ha molte gradazioni di merito, e perciò di prezzo; gradazioni che vogliono, a distinguerle, palati educatissimi: come abbisogna un occhio esperto di artista a discernere una tela originale da una buona copia. Perciò quì tra noi succede spesso, e ve lo dico di certa scienza, che si paga ora otto, ora dieci franchi la bottiglia, e anche dodici, e anche peggio, un bordò che il commercio giura essere di prima qualità, quando è delle inferiori, e vale sul luogo tre franchi e anche meno. Del che, oltre al pelarci così all'ingrosso, ci fanno anche le beffe giudicandoci gente degna di bere l'acquavite. E ci sta bene; e ne ho una consolazione infinita, come se quei denari li guadagnassi io.

Ma ciò che più indispettisce, è l'intima convinzione che tra noi si potrebbe con qualche studio e diligenza ottener vini da non temere il confronto di qualunque altro, per quanto celebre, del mondo. Che i signori inglesi o russi paghino carissimo il bordò, è regolare, perchè non hanno vini da loro, e devono passare sotto alle forche caudine di quei prezzi: e la mercanzia vale tutto il massimo che si può ricavarne. Ma è per noi che quel costo è assurdo: ma che i nostri ricchi tirino da lontano a dieci lire la bottiglia un vino che potrebbero emulare in casa propria con venti o trenta soldi, questo è lo sconcio che confina col sacrilegio. Figuriamoci se l'Italia, il più meraviglioso giardino dell'universo, ha da invidiare i vigneti della Gironda! Nè vale il dirmi che appunto abbisognano terreni magri per l'eccellenza di quel prodotto: perchè noi abbiamo e il magro e il grasso, e l'asciutto e il bagnato, e le costiere e le scogliere, e i poggi a scalinate e le colline, e i terreni vulcanici: tutto noi abbiamo in Italia, tutto.... fuorchè l'Italia. È proprio l'abbondanza che ci fa negligenti, come quei ragazzi che sapendo d'esser ricchi non vogliono seccarsi a studiare. Dove il suolo è fertilissimo, l'industria non si avvantaggia di tutte quelle arti onde si fanno forti gli abitatori di terre ingrate. L'estate scorso, in casa d'un mio coltissimo amico a qualche miglio da Monza ebbi occasione di esaurire tutte le frasi della meraviglia sopra un vino del 1834: eravamo nel 50; vedete che è una bella stagionatura. Era un vino rosso diventato quasi perfettamente bianco a forza di deporre tutta la parte colorante sul vetro. Avea simultaneamente una delicatezza e un vigore, una grazia e una fragranza da farmelo credere un vino venuto da dio sa dove. Ebbene, era di Busnago, un modesto villaggio che non fece mai parlare di sè nè per il vino nè per l'acqua, e che molti de' miei lettori sente nominare per la prima volta. E come mai s'era ottenuto quel néttare? collo scegliere l'uva migliore, mondarla bene, e lasciarla alquanto appassire: più, con alcune diligenze, che non saprei ripetere, di travasamenti a tempi opportuni. Ora, dimando io, a parità di cure, quali miracoli si otterrebbero dal Montavecchia, per esempio, e dal Monterobbio? e da quei paradisi terrestri che si chiamano le rive del Lario, del Verbano, del Benaco? Ma i pregiudizi, il lusso e la vanità rendono indispensabile ai ricchi il bordò: bisogna che una livrea giri intorno alla tavola annunziando Sauterne! — Lafitte! — Chateau Margaux! E così l'Italia, classica madre dei più classici vini, in cambio di provederne l'Europa settentrionale e tirarne molti milioni, manda (orribile a dirsi) molti milioni all'estero per provedersi di vino. E non c'è da meravigliarsene: non siamo noi perpetui sprezzatori di casa nostra e delle nostre cose? Io conobbi un vecchio imbecille e mal foggiato, che stando a Milano si faceva mandare gli abiti da un sarto di Parigi, e li pagava il doppio. Imaginatevi come sarà stato leggiadro e seducente a settant'anni con indosso l'abitino del tailleur parigino. Roba d'avvisarne i sarti perchè lo facessero correre per le strade a buccie di melloni. E non sono casi molto rari.

In Lombardia non v'è quasi provincia che non vanti più qualità di ottimi vini, capaci coll'arte di diventare vini superbi. E l'amico Piemonte? chi non conosce almeno di fama l'Asti, il Ghemme, il Gattinara, il Rocca Grimalda, il Molera, ecc.? È vero che alcuni di questi sono un po' pesanti e forti, perchè appunto si abbandonano quasi esclusivamente alla natura, e noi siamo ancora a quella di non saper fare il vino che coi piedi; ma se ci adoperassimo intorno anche la testa, e quel corredo di scienza enologica e di scrupolose e indefesse cure onde acquistarono celebrità i vini di Francia (come adesso si comincia a fare negli Stati Sardi), anche i vini italiani raggiungerebbero le tre grandi qualità di merito commerciale, pasteggiabilità, durabilità e navigabilità. E dove lascio i vini siciliani? e il Capri? e il Lacrima-cristi, il cui solo nome sublimemente poetico inspira venerazione? e i vini di Toscana, produttrice di tutte le cose buone come di tutte le cose belle?

Nel mio ritorno dal viaggio scientifico a Napoli, una mattina sbarcammo a Livorno: e si pensò tosto alla colazione perchè, ritenetelo, a ventre digiuno non v'è scienza che faccia buon pro. Quindi, unitici in tre amici dei più persuasi di questa massima, ci accingemmo, senza perdere un istante, alla scoperta di un'osteria. Entrati in un sito di apparenza soverchiamente modesta, talchè eravamo per retrocedere, ci colpì un soave odore, per lo che si ragionò: «Diogene, che era pure un gran savio, albergava in una botte di legno; e la sapienza non deve più essere troppo aristocratica. Oste! portateci del meglio che avete sui fornelli, è sopratutto che il vino sia buono, per carità!» Dopo qualche minuto ci pose sulla tavola una damigiana, vestita tutta di vimini, ma di una capacità così enorme pel caso nostro, che mi manca il coraggio di dirvi quante bottiglie a mio debole avviso contenesse. Fui tentato perfino di credere che volesse mettermi davanti la parodia della mia pancia. «Come diamine volete che vuotiamo tutto questo fiasco?» e l'oste: «Quello che non beveranno loro signori, resterà per me.» Va bene. Mi levo in piedi, e pigliando quell'affarone a due mani, comincio a versare, e poi tutti e tre a provare.... Il primo momento di una sensazione nuova, deliziosa, inaspettata non è definibile: si resta senza parole come nel dubio di una illusione e nel desiderio di ridurla a realtà. Ma passata appena quella istantanea confusione del giudizio, fummo tutti alle esclamazioni: «O io sono matto, o questo è un gran vino! — Ma sì che è buono davvero, e non attendibile in questa magra trattoria! — Altro che buono, miei cari, è un vino prodigioso, stupendo: e vi dico che questo vino mi fa capire, come se la vedessi, l'anatomia interna del corpo, perchè lo sento a penetrare e girare per tutte le pieghe degl'intestini.» Difatti era un vino di quelli che non si lasciano più dimenticare: placido, gentile, fragrante, vaporoso, con una leggier vena di amaro, quasi di melanconia, però di una serietà temperata di grazia come il volto d'una bellissima donna di sangue reale. E lì a versare e a provare di bel nuovo, e a voler indovinare che vino fosse. «Scommetterei che questo è il celebre vino di Chianti. — Oibò, sarà il famoso Montepulciano. — Eh via! questo non può essere altro che il gran Falerno, quel Falerno tanto decantato da Catullo e Orazio là in quei tempi eroici quando i poeti beveano così bene! — Zitti che vien l'oste, e se ascolta queste lodi ce lo farà pagare il doppio del suo prezzo; ehi, come si chiama questo vino? — Vino fiorentino. — Ah per Bacco, dovevamo argomentarlo in forza di analogia, e direi che siamo tre dotti da scarto, se non ne conoscessi moltissimi peggiori di noi: anzi, ritengo che io, io avrei colpito nel segno se aspettavamo a saperlo due minuti ancora: perchè, essendo le cose tutte di questo mondo regolate da leggi mirabili di corrispondenze e di armonia, era facile a capire che dove si parla la più bella lingua d'Italia, là si deve fare il vino migliore. Sì, questo vino non può essere che di Firenze.» E lì, tra un bocconcino e l'altro, a provarlo ancora viemeglio, e a sempre più persuaderci della sua provenienza, e a convalidare il bere coll'elogio e l'elogio col bere. Insomma a furia di attenerci al gran motto di Galileo: provando e riprovando, unico mezzo di riescire ai risultati concludenti e finali e meravigliosi, anche noi siamo riesciti a vedere il fondo del fiasco. Colla perseveranza si vincono pure le grandi difficoltà! Bisogna poi anche riflettere che noi eravamo tre scienziati, e perciò in diritto di bere come un doppio numero d'ignoranti e anche più, massime in via esperimentale. Nè crediate già che quel vino ci facesse male, oibò! l'oste saggio, con quel suo pratico colpo d'occhio, aveva conguagliato il fiasco alla ciera degli ospiti suoi, e presentata la giusta misura. Ora, è il vino cattivo che fa male, il buono fa sempre bene, quando se ne usa con la debita moderazione (di fatti noi non ne volemmo più altro), e quando chi beve è mens sana in corpore sano. In prova di che quel giorno siamo stati benissimo, divinamente. Vedute le migliori rarità di Livorno, s'andò per la strada ferrata a Pisa ad ammirare le rive dell'Arno, il Cimitero, il Duomo; fecimo risuonare la vôlta del Battistero con le nostre voci stentoree: nè si risparmiarono le osservazioni estetiche davanti alla Torre pendente. «Che ne dici di questa baracca così storta? — Eh, di quando in quando fa bell'effetto anche questo come a vedere un bel gobbo. — Non ti pare che faccia un gentile inchino a noi forestieri? — No, caro, perchè non si piega verso di noi: a me pare piuttosto che abbia bevuto lei sola tutto il nostro vino di questa mattina. — Vedi come si presenta bene il mare in lontananza! — E che cos'è quella montagna là nel mezzo? — È l'isola Capraja, o per lo meno la Gorgona. — Ah, ora capisco il Dante dove dice Movasi la Capraia e la Gorgona, ecc.: per gustare i classici bisogna proprio fare un viaggio scientifico da queste parti: quella montagna là sembra fatta a posta per venire quietamente una bella sera a stoppare la foce dell'Arno: e se il fiume è grosso, per ora della mattina i Pisani si risvegliano e si trovano belli e annegati. Vorrebbe essere una magnifica burla. — Bisogna però che fossero ben malvagi per meritare quella feroce imprecazione. — Oh, in quanto a questo erano il vituperio delle genti del bel paese che dice di sì. Figuratevi che avevano un arcivescovo che pareva un maestro e un donno. — Donno? forse per dire donnajolo? — Sicuro è appunto una licenza poetica per esprimere un uomo licenzioso; e quel prelato, in cambio di attendere a cantar messa e compieta in chiesa, andava a caccia di lupi e lupicini al monte. E poi sembra che quei di Pisa odiassero tutto il genere umano; tant'è ciò vero, che non potevano vedere nemmen Lucca, una città così buona, che fornisce i bambini di gesso a mezza Europa. — E io vi dirò che c'è ancora di peggio: dovevano essere un popolo sempre restìo e lento alla compassione, e che non faceva mai nulla di buono a tempo: e scommetterei che portarono una minestra al conte Ugolino quand'era già morto di fame: onde, per significare un soccorso tardo e inutile, si dice per proverbio il soccorso di Pisa. Ah sì, un poco di Capraja e di Gorgona sullo stomaco sarebbe proprio stato il caso per quei malandrini. — Però i posteri sono tutt'altra gente: fino i pitocchi che cercano l'elemosina parlano tutti in toscano che sembrano loro i scienziati e noi gl'idioti: è una meraviglia!» E così, con quel fiorentino in corpo, passammo la più bella e istruttiva giornata del nostro viaggio.

Concludiamo dunque che a una tavola imbandita, dopo aver seriamente proveduto al vino è ottima cosa servire anche i vini, massime verso la fine del pranzo, perchè motus in fine velocior; quando, infiacchita la facoltà del mangiare, le sopravanza più che mai intrepida quella del bere. Ah sì, una mensa gremita di bottiglie mi rende l'idea d'un gran parco d'artiglieria smontato e tolto al nemico, ed è glorioso il sederle intorno da vincitori. In quell'entusiasmo la ciarla si fa più libera e sciolta: l'eloquenza spiega le ali e raggiunge l'altezza della poesia: si sviluppano le tesi più incredibili di filosofia e di politica; gl'ignoranti sembrano dotti, i dotti si degnano di sembrare ignoranti: uno dice un assurdo, l'altro lo confuta con due: questi si sfiata a ragionare e nessuno gli abbada: quelli pare attentissimo ai discorsi e non sente nulla. Ora udite un egoista a diventar tutto sentimentale e umanitario: ora è un'ottima pasta d'uomo che robespierizza. La sala diventa una gabbia di matti, e ciò qualche volta va bene: semel in anno: e se vi par poco, aggiustiamola con una traduzione libera: di quando in quando. Il male è allorchè uno solo o due sembrano matti, che allora servono di scandalo o di trastullo agli altri: ma quando s'è tutti insieme in una cosa, allora c'è l'armonia: e alla fine dei conti è meglio parer qualche volta matti che seguitare tutta la vita a parer savii. Non dimenticherò mai una cena famosa fatta in carnevale del 1839 nello Studio di un nostro celebre pittore. Eravamo una grossa comitiva con molti nomi distinti in lettere o in arti. Con gente siffatta non si scherza, e il pasto fu squisito, e i più superbi vini di Europa comparvero a farsi giudicare da quell'areopago: quando, dopo tanti, fu annunziato un vino del Friuli del 1802. A sì remota fede di nascita fu una maraviglia e un applauso unanime, clamoroso: e un poetastro da vernacolo si sentì preso da tale accesso di tenerezza, da una così irresistibile commozione di cuore, che a stento ratteneva le lagrime ragionando di un vino così vecchio: e infine non potè a meno di levarsi in piedi e apostrofarlo a un di presso così: «Oh, riverisco divotamente il signor mille e ottocento due! Altro che nata mecum, consule Manlio, anphora! Tu sei nato tre anni prima di me, consule Napoleone Magno che valeva mille Manlii, e un milione di anfore o di fiaschi, che è poi lo stesso. Ma sai tu che, per essere un vino, sei di un'antichità così prodigiosa come le piramidi di Egitto, e il carnevale di Venezia, e le rovine di Persepoli, e l'incendio di Pentapoli? Vino dell'ottocentodue, che stai per morire carico di anni e di meriti come l'uomo giusto, senti bene cosa ti dico io: Quando penso all'epoca che andavo a scuola a far raccolta di pugni e schiaffi e bacchettate perchè mi infastidiva del verbo fastidio e non capiva mai i tradimenti del verbo capio capis, mi sembra che ci sieno passati sopra dei secoli: e tu, vino, eri là ad aspettarmi; anzi eri già un vino vecchione. Vo ancora indietro indietro con la memoria fino all'età infantile, quando mi mandavano vestito da donna, tempo che all'incerta e confusa reminiscenza si richiama come annebbiato e favoloso per enorme lontananza: e tu, vino di una longanimità infinita, eri là tranquillo ad aspettarmi. Che dico? mio padre era forse ancora filosoficamente nemico del matrimonio: mia madre non sapeva neppure che il mio cognome esistesse: e tu, Melchisedecco.... cioè Matusalemme dei vini, stavi là ad aspettar me: me, bestia ingrata, o almeno spensierata cui non passò mai nella fantasia ottusa la possibilità di tua esistenza. Oh non sarà più così nell'avvenire, te lo dico io, veh! Ti prometto, e guarda quanti uomini di talento e quante belle donne stanno quì ad ascoltarmi con la bocca aperta, che se io dovessi campare gli anni di Noè inventore del vino e dell'ubriachezza, non dimenticherò più questa sera e questo ottocento due. Ma, oimè, che giova, se nell'atto stesso di riconoscerti e idolatrarti per sempre, tu muori e sparisci dalla terra dove abitasti tanti anni inosservato e all'oscuro per mio beneficio? che vuoi farci? rassegnarti e lasciarti bevere: pur troppo è il solito che accade in hac lacrymarum valle: finchè si è vivi, oscurità, isolamento, e peggio ancora: la gratitudine del mondo reo è postuma quasi sempre.» Questa è una parte, e forse non la più matta, dell'improvviso di quel cervello balzano: ma come ripeterlo tutto dopo tanto tempo, e colla penna in mano, e colle fauci asciutte e con arido il cuore? bisognerebbe avere davanti agli occhi un ottocento due, e nel ventre molti altri millesimi posteriori.

CAPITOLO DECIMO

I vini fanno venire in mente i brindisi. Oh, la brutta e detestabile usanza che sono i brindisi! Tuttochè isolato dal mondo, e fuori di pericolo di doverne fare, mi sento ancora i brividi al solo pensarvi. Il pranzo, una delle migliori gioje della vita, hanno avuto il talento di guastarla proprio sul fine colla maledizione della poesia obligata: in cauda venenum; giacchè io quì per brindisi intendo i versi adulatorii che pur troppo è costume di leggere a tavola in certe ricorrenze. È propriamente il caso di dire che il diavolo ha voluto metterci la coda: tanto che in questo mondo una cosa tutta bella e perfetta non ci abbia da esser mai. La disgrazia però è di pochi, anzi limitata a quei pochissimi che scrivendo hanno la responsabilità delle proprie parole, e sono ridotti al mal partito di non lasciarsene scappare una che non sia confessabile in faccia al publico rispettabile. Per li altri tutti di solito è noja, e nulla più. Oh beati i pranzi diplomatici e politici (all'estero, s'intende bene), dove uno si leva a seriamente ciarlare in facile prosa, e gli altri seriamente attendono a bere e applaudire! dove si fanno tanti toast, e a tanti personaggi, che se si bevesse un sorso di vino a onor di ciascuno, i commensali dall'essere a tavola dovrebbero riescire tutti sotto alla tavola a russare per esaurimento di ammirazione. Beati anche i nostri desinari alla buona, dove il brindisi si risolve in un «mille anni di salute e prosperità al signor N. N. e a tutta questa bella comitiva!» e la comitiva: «Bene, bravo, evviva, evviva!»

Il male, replico, è di quegli infelici che per dritto o per traverso hanno nome di poeti, e debito di mostrarsi tali per ogni minchioneria. Si accetta spensieratamente un invito: e subito dopo un tale viene a dirvi all'orecchio: «Bisogna poi ricordarsi che è l'onomastico della marchesina: quattro versetti faranno tanto piacere.» Oimè! è una stoccata al cuore come quando vi si cerca in prestito cento lire per pochi giorni da un caro amico che abbia ciera da voler tenerle per cento anni. Che cosa si ha da dire per la marchesina? che è tanto bella, che è nell'aprile della vita, che è il fremito di tutti i cuori.... sciocchezze tanto difficili a dirsi bene, che sarebbe assai meglio fingersi impedito, e non andare al pranzo. Ma se incomincio quest'anno, l'anno venturo saremo da capo: anzi m'inviteranno a posta: non me ne libero più. Questo è il terribile dei brindisi: la loro periodica ricorrenza! Bisognerà ripetere che è una bellezza tiranna, che è la palpitazione di tutti i cuori, e che è nell'aprile.... sempre aprile? sicuro passano gli anni, ma i mesi restano: e quando dobbiate cambiare, dite piuttosto marzo che maggio, per carità! Insomma, una volta entrati in questi impegni, siamo al dilemma: o romperla con una casa e non lasciarsi più vedere, o continuare per tutta la vita a scorgere i zefiri di primavera su di un volto che richiamerà piuttosto la brezzolina d'autunno. Un prete che faccia il panegirico di un santo, o l'ottavario dei morti, cambiando chiesa, ha la fortuna di poter sempre predicare le stesse parole ogni anno e que' suoi scritti possono dirsi una piccola rendita perpetua, una Cartella del Monte. Ma il povero poetastro, condannato a recitar sempre le stesse lodi nella casa istessa, deve continuamente variare sopra un tema già monotono e nullo. E questo sforzo è una fatica da retore così arida, così dura, così difficile, che il buon senso publico dovrebbe rivoltarsene per compassione, e condannare i brindisi a perpetuo bando, con apposito e assoluto precetto di Galateo.

Voglio citare un fatto che servirà di esempio salutare ai fabricatori di versi. Nel 1837 fui invitato pel giorno quattro novembre alla villeggiatura in Ceriano di don Carlo Villa, che vi facea celebrare una festajuola in un suo oratorio, seguita da pranzo. E fo tanto più volontieri menzione di quell'ottimo signore, perchè, oltre all'essere stato uno dei più benemeriti cittadini, per utile operosità e intelligente beneficenza, era anche un anfitrione di ottimo gusto, i cui conviti si distinguevano per armonica riunione di capi ameni, e quindi per un ridere che non finiva mai. Largo di cuore, come di fortuna, la di lui tavola era sempre aperta ai buoni amici: e anche coloro che si limitavano alla ricorrenza ebdomadaria, affrettavano quel giorno col desiderio, perchè si andava proprio a passare alcune ore nella più schietta ed esilarante allegria.

Alla mattina del giorno di S. Carlo, intanto che aspettava l'ora di mettermi in viaggio, mi salta in mente l'idea di tirar giù qualche sestina da leggere a tavola, tanto per ajutare a far baccano. E lo feci proprio di mio capriccio, io, che a questi lacci, per quanto seccato e ristuccato, non mi lasciai cogliere in vita mia più di due o tre volte. Verso la fine del pranzo, che fu spaventevolmente numeroso, e servito a vini eroici (circostanze ottime per ammirare la poesia pessima), si fa alto silenzio, e mi metto a declamare. Volete sentirli quei poveri versi? se no, saltateli, che l'esempio cammina istessamente: e chi non li capisse, stia certo che non vale la pena di farseli spiegare. Per altro, è un peccato che dopo Carlo Porta tutta Italia non intenda il vernacolo di Meneghino. I dotti inglesi studiano l'italiano a posta per gustare il Dante: e i colti italiani non dovrebbero prender cognizione del più bonariamente malizioso e comico e bisbetico tra i loro dialetti? Dunque, ecco il brindisi tale e quale.

El dì de S. Carlo a Cerian

Quand pensi che ona volta al dì d'incœu

L'era per mi 'l pù brutt del taccoin

Per vess la ritirada de fiœu

Che van a taccà lit cont el latin,

Me casca i brasc, me se rescìa la pell,

Me senti anmò tutt limen e sardell.

Anzi ghe rivi a dì che stamattina

Trottand vers Cerïan col coo per ari

Me pariva de côr vers Barlassina)

A fa on trattin nœuv mes de Seminari;

M'è pars de tornà indree a vess cereghett,

E hoo toccaa se gh'aveva anmò 'l collett.

Per fortuna del ciel che a paramm via

Sto brutt penser, ch'el ciammi el quint novissim,

Me s'è speggiaa denanz in fantasia

Don Carlo Villa, proppi lussustrissim:

E hoo ditt: allegrament, sangue de dì!

Incœu voo a cà d'on scior a dì de sì.

E siccome i mee coss usüalment

Mi, minga per vantamm, ma i foo polit,

Ghe poss assicurà che gh'hoo daa dent

Con la bocca, coi œucc, col nas, coi dit.

Chì, lor duu settaa arent, me sont faa onor?

Gh'hoo daa reson polit? ch'el disen lor.

A proposit, Don Carlo, ma l'è vera

Ch'el s'è amalaa? ma se po dà de pesg?

Ah.... hoo vist: l'è minga questa la manera:

L'è staa on tir per salvass de sto bodesg:

Oh, soo ben ch'el me scherza, caro lù:

De sti figur ch'el me ne faga pu.

Mi, vedel, parli per el so vantagg,

Che in sti affari sont tutt filantropia:

Perchè se, stand lù in lecc, gh'aveva el scagg

Del dolor sò e de la compagnia,

In quant al me interess, se stoo a Milan,

Schivi sta trista de fa ih an! ih an!

Ecco on vers proppi d'asen indecent:

Ma s'ciavo, cosse vœurel che ghe disa?

Quel Barlassina ghe l'hoo tant in ment,

Che se incœu hoo toccaa el coll de la camisa,

Adess che hoo daa tanti oggiadinn al tecc

L'è tutto dire se no tocchi i orecc.

Ma vegnemm, che l'è vora, a la moral:

Don Carlo, a nomm de tucc, omen e donn,

Ghe disfi in pocch paroll quel ch'è esenzial:

Che se lù l'ha pagaa 'l Kirieleisonn,

Nun ghe augurem dal ciel con tutt el cœur

Contentezz e fortunn fin ch'el ne vœur.

Ch'el se regorda ch'el nost car Milan

L'ha ricevuu de lu milla finezz,

E che adess el pretend de vedell san,

E, intendemmes, vedell per on bell pezz,

Per podè dì: quest chi l'è 'l Podestaa

Che ha savuu drizzà i gamb a la cittaa.

Ma sì! dov'hin i strecc e i streccioritt

Che se vedeva prima depertutt?

E 'l noster Côrs di Serv? che serv d'Egitt?

El sarà staa di serv quand l'era brutt:

Ma adess che l'è inscì bell, se hoo mo de dilla,

Vuj che ghe mettem nomm: Corsia del Villa).

E chì, per no seccall, tajaroo sù,

Perchè se voress mettem a discôr

Di so impiegh, del so coo, di so virtù

Ghe vœur olter che scriv on para d'ôr!

Ghe vorarav ona premonizion

De duu o trii mes, e anmò vess minga bon.

Donca già 'l sa 'l nost cœur coss'el ghe augura,

Minga per la reson che l'è 'l so dì,

Ma perchè questa l'è ona congiuntura

De dì sù pussee ciar quel ch'è de dì:

E allon! demmegh on altra boffadina

Per fa passà sti vers de Barlassina.

Il meno indulgente de' miei lettori non potrà mai trovare questi versi tanto meschini, quanto stupendi parvero allora a una comitiva eccitata dai vapori dello sciampagna, e bisognosa di schiamazzare. Il successo fu immenso, strepitoso, frenetico. A ogni sestina, e spesso a ogni verso era un gran battimano, e una gran salva di bene! di bravo! di bis! e, se male non mi ricordo, credo che per rinforzare quel coro, urlassi bis e bravo anch'io.

L'anno susseguente torna a capitare la festa di S. Carlo a Ceriano. Ora siamo al buono. Vi lascio imaginare se tra gl'invitati io ero il capo di lista. Credo che all'estremo caso di una piazza mancante, piuttosto che rinunciare a me, avrebbero mandato a spasso Don Carlo. Ma come si fa? ho da andare con un altro brindisi in saccoccia? e che altro si potrebbe dire? Avvisi sopra avvisi che mi guardassi bene dal mancare: e io a protestare che aveva troppi malati in cura, e non potevo. I birboni hanno capito il latino, e mi proibirono espressamente di far versi, e mi offrirono una carrozza a tutta mia disposizione per un'ora pomeridiana, per le due, purchè andassi. Ma la cosa era impossibile: perchè, ad onta delle proibizioni, in fine di tavola avrebbero aspettato una mia sorpresa: e io non voleva nè comprometter la gloria dell'altr'anno, nè restar là a mangiare e bere senza gloria. Oh, la gloria come costa caro! Insomma, mi sono finto ammalato, e non mi mossi da casa mia: e desinando in silenzio e frugalità, sospirava dietro alla crapula gioconda e romorosa di Don Carlo. E, per l'istessa ragione, non vi ritornai più a nessun anniversario posteriore. A Milano, sì, ma a Ceriano, no. E loro a burlarmi per non esserci andato in causa del brindisi; e io a negar sempre con faccia bronzina la verità evidente. Posso dirlo adesso, perchè c'è passato sopra tanto tempo, e Don Carlo è in paradiso da un pezzo, e dispersa quella bella compagnia: vicende umane! O raffazzonatori di brindisi annuali, non è questo un esempio salutare e una buona lezione? Quando penso ai poeti cesarei, costretti a comporre e disporre parole rimate per ogni onomastico di tante Altezze, e per ogni nascita di principino, e per ogni matrimonio di principessa, e per ogni ragnatela che si movesse a Corte, mi prende compassione del loro cervello. E non è gran male che il poeta cesareo sia un mestiero abolito come l'altro di buffone. Ma almeno dal buffone si toleravano utili e ardite verità: dal poeta non si soffrivano che stolte bugie. Perciò il buffone sparì dalle Corti qualche secolo prima del poeta.

Quando i versi a tavola non si riducano alla monotona lode d'un padrone o d'una padrona di casa, ma piglino occasione o da avvenimenti lieti, o dalla presenza di alcun uomo illustre, allora possono anche assumere importanza di lavoro d'arte. L'avervi già condannati a sentire un mio brindisi, mi mette in tentazione di proseguire a farvene subire un altro, scritto con aria di pretensione maggiore, perchè s'indirizzava nientemeno che al maestro Rossini. In buona coscienza dovrei risparmiarvelo, perchè fu già stampato, salvo qualche strofa, perfino in una strenna; e per un componimento qualun-que il finir sulle strenne è l'ultima fase di degradazione: è come il cavallo che va a finire di vecchiez-za in mano de' carrettieri. Siccome però quando fu scritto (1838) parve cosa d'un'audacia insolita, e mise in orgasmo le spie, e fece latrare i cagnotti; così abbiate la pazienza di rileggerlo adesso, e poi mi saprete dire per mia tranquillità se vi siano dentro i principii di un rivoluzionario furente.

Quand pensi in tra de mi chi vorrev vess

Se mai se dass el cas de barattamm,

E che tiri su 'l cunt de chi gh'è adess

De grand in su la terra, in tutt i ramm,

Quand, disi, in del mè cœur foo sta revista,

Me ven semper Rossini in capp de lista.

Perchè 'l so gener, asca al vess tant bell

Che l'entra in tutt i coo besasc e bon,

Che in tutt i part del mond l'è semper quell

Perchè 'l se guasta no coi traduzion,

Lù pœu l'è 'l primm d'ona manera tal

Che de Lù al numer duu gh'è on salt mortal.

Byron, Volta, Canova, Walter-Scott

Trovaran chi ghe metta sudizion;

Raffaell el spaventa Bonarott,

Giuli Ceser el var Napoleon

Ma in musica, femm minga zerimoni,

I alter hin gent de coo, Lù l'è on demoni.

De già che hoo nominaa 'l gran Capp de cà,

Diroo che Lù l'è staa predestinaa,

Per via che la soa musica la và

Col secol del commercio e di soldaa;

Ch'el g'ha daa on pien, ona rabbia, on moviment

De fa bajà i personn senza talent.

Gh'è novitaa, gh'è fœugh, gh'è frenesia,

Gh'è on côr semper de trott o de galopp,

On avegh semper roba de trà via,

On trasà fina el bell perchè l'è tropp,

E buttà in d'on spartii tanti motiv

Che on alter ghe n'ha a sbacch per fin ch'el scriv.

Da l'ingress trïonfal in di cittaa)

Ai ciaccer di pettegol in cusina),

Da l'Inno a Dio d'on popol liberaa)

Ai rendez-vous de Figaro e Rosina),

Dal Re sul trono al Barometta ebrej

Che ve vend in del nas stringh e bindej);

Sfidi a trovamm situäzion del cœur,

Vizzi o virtù che Lù no 'l metta lì

Con quel brutt, con quel bell, con quel grandeur

Che l'è impossibil a fa mej de inscì,

A segn tal che pittura e poesia

Dopo Lù hin restaa indree cent milla mia.

Ma chì parli del mond ver e patent:

E quand el crea on mond immaginari?

Sentii la Semiramide, e gh'è dent

Quel fa antigh, grand, lontan, strasordinari

Che ve porta là in Asia a respirà

L'aria d'on trono a quatter milla ann fà.

Mi però che a la longa tiri al buff

El Barbiere l'è propri la mia mort;

Fall ben, fall maa, fall semper, s'è mai stuff;

L'è on'Opera, direv, de contraffort:

A tutt i fiasch gh'è Don Basili in ari,

Refugium peccatorum di Impresari.

Ma l'intrecc del Barbiere almanch l'è bell;

E quand el scriv su liber che mett mal?

Allora el cava tutt del sò cervell:

Per Lù, vers brutt, vers bej, l'è tutt egual:

Lù no gh'è mai nagott ch'el le scanchina:

Libritt d'inferno, musica divina.

Chi ghe sarav de dì di gran bej coss;

Ma d'ona part no me n'intendi on acca,

De l'altra sto discors l'è on boccon gross

Per sta lengua intrigada e inscì bislacca:

Quand se ghe dis busecca al so mestee

Come podaroo fa a tegnigh adree?)

Ma siccome l'è on'arte inscì vergnonna

Che la messeda, che la fà i galitt,

Tucc van matt quand se canta o quand se sonna,

74

Se contenten magara di orghenitt;

Se ved fina i ruvee che passa in strada

A stà attent cont in aria la possada.

Con quest mi vorrev dì che la soa gloria

L'è gloria che capiss tutta la gent

Humboldt e Arago hin nomm che va in la Storia,

Ma che gh'hin el san nanca el vun per cent:

Ma de Lù tucc en san e gh'han i prœuv:

Per Lù gh'è 'l vun e pœu i norantanœuv.

Diremm anca che quij che dà a la stampa

G'han quest de maladett che per fass fort

Ghe tocca de sgobbà fin che se scampa

Per fass nomm bej e vecc, o dopo mort:

Quand Lù gioven, lughii, vìscor e tond

L'è on quart de secol che l'è in bocca al mond.

Ma sì! coss'el po avegh de pu de mi?

On dodes, tredes ann, nient de pù:

Ben, per quel pocch che al mond hoo sentii a dì

Mi hoo sentii semper a parlà de Lù;

Del mè primm ziffolà de che sont viv

Hoo semper ziffolaa sui so motiv.

In sti mee scarabocc, sur Cavalier,

Se mi ghe foo la cort, vuj ch'el me coppa:

No hoo faa che incornisà quatter penser

De Milan, de l'Italia, de l'Europpa....

A proposit de Italia, e pienti lì,

Sàl, sur Rossini, cosse gh'hoo de dì?

Che sta povera Donna strapazzada,

Serva strasciada che la perd i tocch,

Dopo che la n'ha faa tanta sventrada,

Adess de Omoni ne fa propri pocch:

Ma quij pocch che la fa, no se cojonna,

Hin ancamò i fiœu de la Padronna!

Vi darò per ultimo (questi maledetti poetastri sono tutti così: ci vuole un soldo a farli incominciare, e poi ci vorrebbe un bastone a farli finire), vi darò per ultimo un frammento di brindisi per Messa nuova, che almeno ha il merito di essere inedito, e perciò può passar come nuovo esso pure.

. . . .

Donca vegnemm a nun, Don Fruttüos,

Anca a nomm de sti sciori che gh'hoo intorna;

Me consoli con lù che l'ha faa spos,

E l'è ona sposa che fa minga i corna:

E quest chi l'è on vantagg che al dì d'incœu

L'è pussee rar che a vess senza fiœu.

Ah, caro lù, quand pensi a la fortuna

D'on giovinott che va fœura di begh,

Senza familia che fa batt la luna,

Senza mangiass el fidegh per l'impiegh,

E che ciappa el mondasc come Dio vœur,

A l'ombra di campann, me va giò 'l cœur.

Ma sàl che anch mi podeva fa altretant?

Sont staa abaa-ghicc dai des fina ai desdott:

E quand aveva già passaa d'incant

L'etaa de la dietta e di cazzott,

Sul bon de tegnì dur, mo che ciallon!

M'è scappaa tutt a on bott la vocazion.

Cosse no han faa quij pover Oblatitt

Per tegnimela in corp! ma l'è staa inutil;

E quest sia de risposta e quij che han ditt

Che sont staa casciaa via: brutti desutil!

Ma che matton d'on pret sarev mai staa!

Trava sott sora l'arcivescovaa.

Basta, lù sì ch'el farà 'l pret polit

Senti de tucc che l'è on fior de talent,

Ch'el scriv in vers e in prosa a mennadit,

E almanch in quest semm on freguj parent:

Ma mi no scrivi che di baronad;

Pari la calamitta di legnad.

Lù mo, che per la grazia de là su

El cobbia on coo inscì giust col benefizzi,

Ch'el faga el missionari di virtù,

Ch'el drœuva la soa penna a batt i vizzi,

E ch'el ghe daga dent proppi sul seri

A migliorà sto mond pien de miseri.

. . . .

Don Fruttüos, sti vers no passaraven;

Ma s'ciavo, hin staa traa giò con tanta pressa,

In mezz a di bej donn che sabettaven,

Giust intanta che lù 'l cantava messa:

Ch'el se figura che profanazion!

Ma lù l'è pret: me dàl l'assoluzion?

CAPITOLO UNDICESIMO

Eccoci finalmente alle frutta e ai dolci. Ben disposti questi piattini; lodevole la varietà, la sceltezza e il buon gusto: ci si vede l'opera sagace delle tue figlie: bravo Giorgio! Oh, magnifico poi quel gran cubo di formaggio di grana nel mezzo! questo è pensiero tuo, e presenta un bel contrasto colle galanterie che gli fanno corona. Intanto che gli oziosi e i ciarloni urlano sul miglior sarto della città o sul peggior letterato di Lombardia, e che le donne tengono seria consulta di cuffie e cappellini, gli uomini di buona volontà e di buon senso suggellano e, direi quasi, cementano il pranzo con una buona scheggia di granone. Quà, versami il Gattinara vecchio, che pel formaggio, e specialmente per questo, non ci vogliono vini da burla. Io me ne intendo, vè, e ti dico che il Grana sta a tutti gli altri formaggi del mondo come Giove Olimpico alla marmaglia degli Dei minori. E quantunque non abbia il nobilissimo angolo facciale di cento cinque gradi che gli diede il divino scalpello di Fidia, ce lo faremo noi col coltello, di cento dieci, di cento cinquanta, di mille gradi! Vedi che fila di seta lascia dietro al taglio: e proprio di quello che fa la schiena, e unisce l'energia d'Ercole alla delicatezza di Aracne. Noi qui gli abbadiamo poco, come al sole, perchè è cosa nostra e commune: ma all'estero gode una riputazione immensa, e lo vendono i droghieri, e crescendo l'incivilimento finiranno a venderlo gli orefici, perchè è un vero granito d'oro e, col difundersi dei lumi, si acquisterà a peso d'oro.

Mi ricorderò sempre che, da giovinetto di quattordici o quindici anni al più, mi occorse di fare una trottata a Corsico, villaggio a quattro miglia da Milano, fuori di Porta Ticinese: dove erano ricchi depositi di formaggi per la stagionatura. Un buon vecchio dal ventre enorme, e dalle gambe che pareano colonne, e con un faccione rubicondo da luna piena, s'incaricò di condurmi a vedere alcune casare: e nel farmi percorrere a colpo d'occhio quella sterminata grazia di Dio, mi diceva: «Queste sì sono le vere biblioteche, signor abatino; e libri che si leggono tutti e fanno buon pro: non come quelli dei loro studii che fanno diventar magri e morire prima del tempo»; e parlando mi squadrava da capo a piedi, in aria di compassionare la mia figura sparuta e mingherlina, e specialmente un certo pajo di gambette deplorabili che sembravano due flauti. Ti lascio imaginare se io allora rimanessi scandolezzato di quel discorso, io colla zucca tutta piena di Cornelio Nipote, di Tito Livio e di Marco Tullio; anzi ne feci per molti anni le più saporite risate, narrando a tutti l'aneddoto occorsomi con quel bestione di vaccaro. Ma quando coll'andare del tempo misi pancia anch'io, e le mie gambette divennero gambotte, e che crebbe in proporzione il discernimento delle umane cose; allora mi entrò tutta la sapienza di quelle parole, e capii che io era un ragazzo, e quello un uomo.

Il male è che i dotti queste cose non le capiscono mai nemmeno quando sono grandi e grossi. Ne vuoi una prova? indovina un poco che nome danno al formaggio di grana i così detti linguisti che sono i veri carnefici della lingua? lo chiamano formaggio parmigiano, oppure il parmigiano, senz'altro, tanto la parola sembra loro chiara ed evidente. Ma non è cosa da buttar via la testa? si può render la lingua più sfacciatamente bugiarda, per non dire calunniatrice? E poi mi daranno torto quando asserisco che i filologi sono tutti asini! Parma! che cosa c'entra quella città col formaggio di grana? Parma vanti pure il suo Tommasini, il suo Toschi, il suo Giordani, ecc. e, ciò che più importa, le sue famose bondajole: perchè gli uomini illustri sono accidenti che passano, e i buoni majali resta-no sempre: ma il formaggio di grana! oh, non si sale tant'alto: e i Parmigiani da quella brava gente che sono dovrebbero fare un ricorso in carta bollata per ottenere la rettificazione giuridica e legale di un tanto sproposito: altrimenti crederemo che vogliano vestirsi delle penne del pavone. Io l'ho coi letterati, vedi, perchè sono cinque secoli e più, fino dal tempo di Dante, che si tormentano e ci tor-mentano colle questioni di lingua: e che fanno liti d'inferno, e che si beccano peggio che i polli in una capponaja: e non solo per la lingua, ma a poco a poco per l'abbici, e l'ortografia e le consonanti doppie, e gli accenti e le virgole, che è uno sfinimento, e non si sa più a chi credere o a chi dare ascolto. E poi quando si tratta di parole che dovrebbero prenderle da chi le ha inventate insieme alle cose, dal popolo, e dall'uso commune, creano di loro capo termini assurdi, per singolarizzarsi: e sono capaci di chiamare argomento il serviziale e parmigiano il formaggio di grana. Mi pare che sarebbe il caso di applicar loro per punizione i loro stessi argomenti. Che ne dici, Giorgio? non è cosa dà diven-tar matti a pensarvi? — Dico anch'io che un'idea fissa può far diventar matto un uomo, e perciò fi-niscila, se no io non ti lascerò più bere. — Oh, in quanto a questo io bevo ancora perchè ho da ragio-nare, e le mie ragioni voglio dirle tutte.

Alcuni altri, per esempio, lo chiamano formaggio lodigiano: via! manco male, perchè almeno comincia ad esserci della verità: ma la verità non c'è tutta. Il Grana è come Omero che fu disputato da molte patrie, anzi meglio: perchè il nostro formaggio ne ha proprio molte, mentre l'Orbo divino non poteva averne che una. Dunque la patria del nostro eroe non è solo la provincia di Lodi, ma anche quella di Pavia, ma anche quella di Milano: giacchè appena fuori di Porta Ticinese, di Porta Vigenti-na e di Porta Romana si fa la formaggia di prima qualità: eh, Milano nelle cose belle e nelle cose buone c'entra quasi sempre: è il vizio della mia patria. Insomma, qualunque denominazione desunta da paesi è una ingiustizia in diritto, e una stoltezza in fatto, perchè dovunque si fa questo formaggio è conosciuto sotto al solo e preciso nome di formaggio di grana: e il senso commune vuole che i veri nomi sieno rispettati e che si dica pane il pane e vino il vino: e quelli che stampano le loro parole, come fossero oracoli, dovrebbero essere i primi a possedere almeno il senso commune. E se avremo presto le nostre Camere rappresentative, come è certissimo, io non darò il mio voto per la nomina di deputato che a colui il quale si assuma di proporre alla prima seduta una mozione d'urgenza per far passare la legge seguente: che chiunque dei così detti scrittori, letterati o scienziati, agronomi o economisti, articolisti o linguisti, membri o non membri, oserà in avvenire chiamar parmigiano il formaggio di grana, sia condannato a non mangiar più altro formaggio che quello fabbricato nella città di Parma. Oh, li metteremo al dovere noi i filologi traditori!

Del resto, mio caro Giorgio, con un'altra giornata che noi passiamo insieme, io ti rendo un convitante perfetto. Le mende che furono scopo alle mie critiche riguardano piuttosto la forma che il fondo: ma il sentimento della buona tavola tu l'hai, e ciò è come il dono della tavolozza per riescire pittore: perciò ti dico che nell'insieme sono contento di te ubi plura nitent in carmine.... capisci il latino tu? — Ma dottore, dove hai la testa? non abbiamo passati insieme gli anni di università? — Ah, sì, è vero: in questo momento non me ne ricordava più: quantunque, vè, sia detto fra di noi, questa non sia una gran ragione: giacchè dopo tanto tempo potresti averlo dimenticato tutto, o, ciò che è più commodo, non averlo imparato mai. Si starebbe freschi se, per andare a Pavia o a Padova, si dovesse sapere il latino, o anche solo l'italiano. Dunque, come ti dicevo, ubi plura nitent in carmine, non ego paucis offendar maculis, il che all'ingrosso significa, che quando il pranzo nel complesso è buono, non si deve sofisticare sui lievi difetti, nè arricciare il naso sulle piccole macchie, per esempio sulle macchie delle candele di sego.

Adesso voglio lasciare in pace l'amico Giorgio, al quale, essendo finito il desinare, non saprei più cosa dire; e poi, povero diavolo, deve essere rinstucco delle mie importunità: e mi rivolgerò nuovamente ai lettori per raccontar loro che questo mese di gennajo mi pervenne una lettera anonima. Non so se agli altri scrittori accada lo stesso: ma è ben raro che io publichi un libercolo senza che mi rechi il frutto di alquante lettere non sottoscritte, nelle quali mi danno allegramente ora dell'asino, ora dell'arrogante, ora del birbone, e qualche volta tutti insieme questi titoli, e col dovuto corredo delle prove. Almeno adesso c'è il vantaggio che col nuovo sistema di apporre il bollo alle lettere tali strapazzi non importano tassa. Per l'addietro c'era anche il danno di pagarli: e dover sempre pagare e pagare chi non fa altro che insultarci e vilipenderci, non è cosa molto piacevole: me ne appello a coloro che si trovassero in simil caso. Dunque, la lettera della quale vi parlo, essendo la più civile e ragionevole fra le anonime da me ricevute finora, credo opportuno di publicarla come sta, tanto più che se non lo fo io, l'autore mi minaccia di farlo egli stesso.

«Caro Dottore

«Giacchè avete trovato la California nel calamajo, cioè il secreto di farvi pagare a un soldo per pagina le chiacchiere, permettete che un vostro associato ve ne dica quattro per niente. Ho letto la prima parte della vostra operetta sull'arte di convitare, e vi confesso da uomo franco e sincero che vi trovai molte prolissità e stiracchiature, e freddure, e trivialità, e impertinenze, e frivolezze, e varii giudizii irriverenti e brutali. Però, ad onta di questi e altri gravi difetti, mi avete anche divertito un poco, perchè in fine dei conti siete un petulante abbastanza strambo e vivace; e io non sono tra i più malcontenti di avervi gettato un fiorino. Anzi m'avete lasciato molto curioso di vedere come mai farete a dire ancora altretante parole sopra un tema così piccolo e arido: che pare proprio vi siate fitto in mente di vestire una scimietta con un'armatura da guerriero del medio evo. Basta, se per tirare il libro alla giusta misura vi mancasse la materia, io vi suggerirò un argomento che certo vi sarà balenato nel pensiero, ma che dubito assai non abbiate il coraggio di affrontare, perchè in fondo voi siete un aristocratico bello e buono. Avete bel mascherarvi dietro allo scherzo e all'ironia per non lasciar mai capire quando parliate da senno o da burla: ma il lettore un pò furbo conclude che i pranzi dei nobili sono la vostra passione, e che quando potete mettere i piedi sotto a una tavola illustrissima, non vi è stravaganza che non ammiriate, e allora tutto il mondo vi pare fango. Dove mi sono affatto convinto di ciò è quando nel descrivere i grandi che vanno a mensa, accennate col più amaro di-sprezzo al codazzo composto dal ragioniere, dall'avvocato, dal prete di casa, e se v'è di peggio; quasi che voi foste qualche cosa di meglio di questa gente. Non potete imaginarvi a quanti le vostre super-be parole abbiano fatto salire la mosca al naso.

«Ma io vi perdono tutto, chè nulla m'importa delle vostre tendenze, e altronde io non appartengo a nessuna di quelle professioni; però a un patto: che facciate cenno d'un abuso che accade proprio alle mense più distinte: ed è, che in fine di tavola si mette davanti a tutti una tazza azzurra con acqua tiepida per lavarsi le mani e la bocca. Vi pare anche questa una meraviglia degna delle vostre umilissime lodi? Fino a lavar le mani, pazienza: se ne sente il bisogno, perchè durante il pranzo è troppo facile l'aver preso colle dita qualche pezzo di volatile, o qualche fetta di salato, o qualche frutto. Ma quel scialacquare) la bocca e fare il ganascione di quà e il ganascione di là, cicch ciacch, cicch ciacch, e poi sputare nella sottocoppa, è una cosa che non sembrerebbe credibile se non la si vedesse; e che dopo veduta non sembra ancor vera. E notate che questa usanza, oltre all'intrinseca sua brut-tezza, riesce anche insidiosa ai commensali timidi e novizii, i quali sono capaci di scambiare quell'acqua tiepida per il colpo di riserva, ossia per la delizia finale della mensa, e beverla tutta sapo-ritamente, come qualche volta mi e accaduto di vedere.

Ma avvertite bene di non iscapolarvela del toccare questa corda sotto al pretesto che voi trattate dei pranzi popolari: giacchè voi siete uomo da scivolare dalle mani di chicchessia come un'anguilla male afferrata: oh, no! avete tante volte divagato col discorso sulle mense eccelse, e coll'entusiasmo della più matta poesia: perciò siate giusto, e parlate di questo costume esclusivo dei ricchi; e occupatevene di proposito, e ragionatamente: chè vogliamo proprio sentire il vostro parere. E se non lo farete, vi avverto che publicherò questa lettera su qualche giornale, per persuadere tutti i vostri lettori che siete il più ghiotto e insieme il più pauroso parassito che bazzichi alle tavole dei conti e dei marchesi.

«Dunque a rivederci alla seconda parte del libro: intanto addio, e state sano per molti anni a fine di continuare a scrivere le vostre corbellerie: chè, in sostanza, è un mestiere anche quello del pagliaccio, e massime in questi tempi melanconici e rabbiosi ce ne abbisogna alcuno che non sia dei peggiori; e, d'altra parte, se la fortuna non vi diede nè bezzi nè mezzi, e se per le vostre satire siete sempre un medico da pitocchi perfino a Monza, è troppo giusto che v'ingegniate in qualche maniera, povero disperato anche voi! E sappiate che io vi voglio bene, e che compero sempre i vostri libretti; perchè almeno voi il buffone lo fate giovialmente, e, pare anche, colla piena coscienza di essere tale: a differenza di tanti animalacci che ammorbano la stampa e le academie, non sapendo mai dire una sciocchezza nuova, ma rifriggendo quelle vecchie con un'aria e una prosopopea come se fossero l'oracolo di Delfo. Viva ancora la vostra faccia! Addio.

«Milano, 15 gennajo 1851».

CAPITOLO DODICESIMO

Il pranzo è consumato: nessuno più mangia, e gli uomini finiscono di vuotare l'ultimo bicchiero. La moglie del signor Onofrio deve aver promesso i dolci a tutti i fanciulli della sua contrada, perchè è diventata un'offelleria ambulante: da un quarto d'ora almeno non fa altro che intascare e insaccare pasticcini e zuccherini, levandoli un po' d'un piattello, un po' da un altro con una disinvoltura e un'aria di distrazione come se fossero sempre i primi che tocca e nessuno dovesse avvedersene. Queste operazioncelle così naturali bisogna saperle fare con molto garbo, e anche con qualche moderazione: e tocca poi ai padroni di casa, se vogliono essere compitamente gentili, a stare attenti a chi vagheggia con più tenerezza le varie specialità del dessert, e dire, per esempio: «Signora Brigida, i suoi bei ragazzini oggi sono privi della di lei compagnia per nostra colpa: bisogna dunque compensarli con quattro bagatelle adattate alla loro età»: e fare un bel cartoccio per la signora Brigida: e non lasciarsi smovere dall'«oibò, oibò» nè dal «non ci mancherebbe che questa dopo tanti disturbi»; nè dal «non permetterò mai», giacchè avrete indovinato il suo vivo desiderio, e, fingendo di non permettere, permetterà con tutto il piacere.

Giorgio e sua moglie si scambiano un'occhiata d'intelligenza e si levano in piedi: tutti fanno lo stesso, e si ritorna nell'altra sala. Questa volta non si fanno più le smorfie di prima per voler cedere il posto: s'ha ciarlato e s'ha riso molto, s'è anche bevuto abbastanza bene, s'è entrati in qualche confidenza con tutti o quasi tutti, nel muoversi si discorre ancora calorosamente; perciò si va avanti senza tante cerimonie: manco male! Qui è il caso di rimarcare che se l'allegria e il vino possono far dire qualche sciocchezza di più, in compenso ne fanno fare qualch'una di meno. Non accade però così tra i grandi signori: siccome là si agisce dietro principii inconcussi e riconosciuti, non v'è pericolo che i vapori del pranzo salgano dallo stomaco alla testa, e facciano dimenticare a chichessia la propria parte in quella seria rappresentazione: quindi si va via da tavola collo stesso ordine col quale si è venuti. Io che talora mi lascio andare alle più matte fantasticherie del mondo, trovandomi nell'umile coda degli invitati di nessun sangue, qualche volta ho pensato: «che cosa mo accadrebbe se io repentinamente mi portassi al fianco della marchesa, e pigliatala sotto al braccio, andassi avanti pel primo, pettoruto e fiero? la marchesa cadrebbe in isvenimento, imaginandosi d'essere assalita da un frenetico? i servitori mi getterebbero da una finestra? certo che nascerebbe uno scandalo e un parapiglia tale da servire di esempio terribile per un'intera generazione a quei nobili che si arrischiano di invitare i plebei. Sarebbe come se al Teatro della Scala, nel momento più tenero di un duetto, un vile corista venisse avanti a cacciar via Rubini, e a urlare con la prima donna.»

Eccoci nella sala di conversazione: oimè, che freddo! ma questo locale è diventato una Siberia: capperi! s'è aperta una finestra, e il fuoco è quasi estinto. Giorgio, un'altra volta fa sorvegliare alla possibilità di tali inconvenienti: io sperava di non doverti più seccare. Presto, dunque, un buon fuoco, vivacissimo (che avrebbe dovuto ardere allegramente durante tutto il tempo di tavola per mantenere una buona temperatura): poichè il post prandium frigus non significa già che dopo desinare si debba patire il freddo, ma solamente che si ha freddo, perchè il sangue si ritira dalla periferia ai centri per ajutare il lavoro della digestione; quindi si fa maggiore il bisogno di un ambiente almeno tanto dolce quanto quello della sala da pranzo. E così noi adesso, invece di ricevere ristoro dal calorico esterno, ci tocca a disperdere il nostro e ajutare delle nostre persone il riscaldamento della stanza. Perdona, vè, se non ho fatto altro tutt'oggi che tormentarti come un rimorso. — Ma non dire così: era questo il mio desiderio, e te ne ho pregato io stesso: anzi, capisco che ci vorranno ancora varie sedute per mettermi proprio a livello delle esigenze moderne: perciò fissiamo una giornata al più presto, da stare ancora insieme. — Quando tu vuoi: io veramente sono diventato molto pigro e restio a rompere le mie abitudini domestiche, ma per un buon amico, così volonteroso di approfondirsi nell'arte, sono pronto a tutto: però vorrei che la prima volta fossimo in pochi: giacchè in un circolo più ristretto e non tanto rumoroso raffineremo i ragionamenti, e i miei consigli saranno, per così dire, meno gramaticali e più filosofici. Anzi, sai? io sarò capace di anticipare la mia venuta di mezz'ora, e scendere in cucina a farti io stesso il risotto, che è una delle mie grandi abilità. — Ah sì, mi ricordo fino da quando eravamo a Pavia, che tu eri la disperazione dei cuochi del Giuramento, dei Campi Elisi, della Misteriosa, quando si commandava il risotto: e stavi là di viva forza ai fornelli a manomettere tutte le casseruole perchè lo facessero bene. — Oh, ma che razza di cuochi erano quelli! mascalzoni appena degni di far cuocere le patate o le castagne in piazza: già si pagava anche in proporzione. — I begli anni della divagazione e della spensieratezza universitaria, dove sono andati? pochi soldi, molta salute, nessun pensiero, e padroni del mondo! E quanto ridere di tutto e di tutti! E quanto parodiare le lezioni dei professori collo stile, colle voci e coi movimenti di ciascuno! E quanto schiamazzare e tempestare e imbestialire in quel teatro dei quattro illustrissimi signori cavalieri compadroni! — A proposito, sai? non lo chiamano più così: o che quegli illustrissimi non sieno più quattro, o che alcuno dei quattro non sia più illustrissimo, fatto sta che gli hanno cambiato quello sterminato nomaccio aristocratico: e, presa una scorciatoja che abbrevia la corsa di cinque sesti, lo ribattezzarono per teatro del condominio. Che colpo di sintesi ardito e inaspettato! è proprio come se avessero sostituito una strada ferrata al lento viaggiare in barca. E io ho sentito dei bestemmiatori a dire che l'Atene lombarda è il Luogo Pio Trivulzio delle scienze, e che non vi si fa mai nulla di nuovo: lo ripetano adesso, dopo la scoperta del condominio. — Ma non ti viene mai in mente che delizia sarebbe a passare un poco ancora di quella vita gioconda e beata? — Oh, non dirlo a me che darei tre anni di esistenza per fare un mese solo lo studente cogli amici di quel tempo: e ti assicuro che parlando solo della testa e del cuore, rappresenterei ancora bene la mia parte. Eppure, quantunque fossero veramente i più begli anni della vita, si era inquieti, malcontenti, smaniosissimi di finirla: e si malediceva cordialmente Pavia, e, se te ne ricordi, eravamo in collera con Napoleone perchè nel 96 le diede solamente il sacco e non il fuoco da annichilarla: oh che baroni! quella popolazione poteva essere più buona e tollerante? e sì che l'accumularsi di tanta gioventù matta e ardente deve essere per la cittadinanza tranquilla e onesta un motivo perpetuo di allarme sotto a varii e serii rapporti. Ma! cose umane: anzi è proprio questo il destino dell'umanità, e lo disse molto bene La Bruyère, mi pare: «Si passa la prima metà della vita a desiderar la seconda: e poi si passa la seconda a sospirar dietro alla prima».

Ahi, ahi, cosa vedo! per pietà arrestatevi, quelle belle ragazze. Non c'è più rimedio: hanno già versato tutto il caffè in diciotto chicchere: dimodochè, in cambio di sorbirlo bollente, per ora che sarà distribuito lo si beverà freddo. E, per mia regola, ci avreste anche messo lo zucchero? — Sissignore, a tutti e in abbondanza. — Ma benone! (oh poveretto me! un momento solo che mi dimenticai di sorvegliare e che, rivolto al fuoco, si dicevano quattro fanfaluche con Giorgio, non potendo farmene una grossa lui, me l'hanno fatta grossissima le sue figlie). Sentite un poco, le mie care figliuole: mettiamo il caso che un pajo di merlotti si incapricciassero di sposarvi, cosa che vi auguro di cuore; quali informazioni potrei dare di voi, se non sapete nemmeno servire il caffè, parte così integrante dell'educazione feminile?

Sul solo caffè ci sarebbe a scrivere un trattato, e se ne sente davvero la mancanza: quale sarà il fortunato ingegno che s'affretterà a cogliere questa palma tutta vergine e bella? giacchè se per un verso l'argomento è importante, per un altro il buon popolo è ancora bambino in questo ramo di scienza. Io, poichè il tempo stringe, e mi sento abbastanza affaticato sotto al peso soverchio dei molteplici allori, lasciando libero il campo a più giovani e robuste penne, non farò che rapidamente toccare la materia per sommi capi; tanto che gli uomini e massime le signore di buona volontà possano averne un cenno almeno elementare. Comincio a far riflettere che c'è poca filosofia in quelle tante famiglie che servono a tavola il caffè. Nella saggia economia del diletto è ammesso come assioma di non esaurirlo d'un fiato solo, ma di gioirne pacatamente, con commodo, e di lasciare alla fine qualche piccolo desiderio da soddisfare ancora. Dunque, perchè s'ha proprio da far tutto a tavola? È la maniera di farci levare da mensa mogi mogi e imminchioniti, con un certo vuoto, se non nel corpo, almeno nell'anima, per il pensiero di aver finito. È ben altro affare, quando il commensale alzandosi pensa deliziosamente: «Adesso si va a prendere il caffè». Dico bene? a me pare che le mie ragioni sieno di una chiarezza ed evidenza tale, che se argomentassero così nelle altre scienze, non si lascerebbe più luogo a controversie. Mi ricordo bene di aver condannato l'uso di stare troppo tempo a tavola: ma non è meno riprovevole il sistema di alcune case, per le quali il pranzo sembra essere una contingenza affatto secondaria, e quasi un debito antipatico da pagare colla massima fretta per non pensarvi più: via una cosa, l'altra; via una cosa, l'altra; e mentre si sta pelando una castagna, ci vengono addosso col caffè. Ma che furia! facciamo i nostri affari con calma e ponderazione: il caffè lo prenderemo di là, da qui a un quarto d'ora: lasciate un poco di riposo al gusto e all'olfatto per renderli meglio idonei a valutare tutto il merito d'una sensazione d'indole tanto differente. La fragranza gentile e poetica del levante s'ha da profanarla in questa atmosfera prosaica e ormai corrotta da tutti gli odori delle vivande? Insomma, intendiamoci chiaro: per il pranzo noi non vogliamo essere assoldati a giornata, no: ma nemmeno a cottimo, chè si precipita e si strappazza troppo il mestiere.

La padrona di casa, o chi per lei, sorvegli e proveda perchè il caffè (di ottima qualità e immune da qualunque avaría) sia recentissimamente abbrustolito e macinato: così conterrà ancora tutta la sua preziosa untuosità, nè avrà difuso troppo di profumo a benefizio dei profani o dell'aria, e a scapito nostro. Occhio e diligenza all'abbrustolimento che non trascenda oltre al dovere: nel qual caso funesto si otterrà una semicarbonizzazione con perdita di tutta la parte aromatica: e, fosse anche Moka divino, nel beverlo ci parrebbe un detestabile infuso di peluje di marroni arrostiti.

Il caffè sia forte, intenso; tale essendo il bisogno dei palati e dei ventricoli robusti, e chi non sa reggervi è padrone di prenderne appena un sorso: sia bollente, che s'abbia da bere a centellini, e al tempo stesso ben deposto e decantato, poichè il nuotarvi ancora dentro la polvere è difetto capitale. Per giugnere a tutti questi scopi che sembrano incompatibili tra loro, bisognerebbe fare il caffè a macchina: difatti sarei del savio parere di proscrivere quelle cogomacce di rame stagnato che versano il caffè da quella specie di nasaccio capovolto che lascia evaporare la parte oleosa, volatile. Le macchine da caffè vanno annoverate fra le conquiste gloriose dell'attuale incivilimento: e ve n'ha di vario genere, e ingegnosissime, e perfino trasparenti che lasciano vedere tutto il processo dell'operazione, talchè stando attenti ad esaminarle, mentre se ne attende il benefico risultato, si riceve anche una bella lezione di fisica, di mecanica, di idraulica, di pirotecnica, che so io? insomma, c'è della scienza in azione, e la scienza colta sul fatto dà tutt'altro succo, ed è ben altrimenti digeribile che quella blaterata dalle cattedre o dai libri.

Chi serve il caffè non distribuisca mai zucchero nelle tazze, nè tanto nè poco, come sventuratamente hanno fatto le buone figlie di Giorgio: perchè i gusti sono varii, dal bere dolce come il miele fino al voler assaporare in tutta la sua purezza ed energia l'amaro sublime della nobile fava. A ciascuno, di mano in mano che è chiamato, si presenta la zuccheriera piena, e la chicchera vuota; affinchè si serva meglio a suo genio: e poi gli si versa o gli si spilla il caffè. Per ultimo, il caffè sia abbondante. Una volta, barbaro costume! s'usava a riempire la tazza e la sottocoppa. Ora che, allo scopo di bere caldissimo, e di non impacciare troppo ambe le mani, e di non complicare l'operazione con doppio riparto di zucchero, quel metodo fu abolito; ora c'è poi l'inconveniente che le chicchere restano sempre della capacità di una volta: il che equivale all'essere trattati a mezzo soldo come gli impiegati in disponibilità. Per i pranzi che, quantunque squisiti e copiosi, decorrono tranquilli e savii e senza eccessi, quella dose è sufficientissima, nè oserei suggerire riforme: ma per i grossi e lunghi desinari del buon popolo, dove si fa troppo mangiare e bere, dove insomma c'è un pochettino di crapula, la cosa non va bene. In questi casi bisognerebbe dare il caffè.... Oh la magnifica idea che mi balena nel cervello! vedete un poco: i dotti si lambiccano l'ingegno da secoli per trovare il moto perpetuo, e non lo trovano mai, i poveri diavoli! e un ignorante trova di colpo, per inspirazione, il caffè perpetuo, e sente subito di dovervelo raccomandare. Sì, certo: come in un'attivissima stazione di strada ferrata arde sempre una macchina per i bisogni fortuiti, così nella vostra sala sia sempre in effervescenza la macchina da caffè ad uso di chiunque voglia di quando in quando andarne a spillare una tazzetta. A tavola ci avete tanto tormentati perchè mangiassimo il triplo del bisogno: e ci avete obbligati a bere tanto vino per far passare il vino, e che stenta terribilmente a passare tutto insieme; più: siete capaci, anche qui in sala di conversazione, di seccarci con altre bottiglie che inspirano nausea solamente a vederle: e poi quando si tratta del caffè che ha veramente la missione di far passare, e che è il migliore antidoto per i disordini dietetici, ce ne versate un meschinissimo chiccherino che sembra fatto per abbeverare un uccelletto! non c'è il sentimento delle proporzioni. A gran desinare, grande caffè; a vini senza termine, caffè senza fine.

Oh, chi saprebbe mai dirmi le grandi obbligazioni che l'umanità tiene verso il caffè! quante scoperte preziose, quante opere sublimi dell'ingegno sono dovute alle veglie prodotte dall'araba semente! forse io stesso riescii a compiere questo mio lavoro per virtù di quella bevanda: forse molti de' miei lettori aprendo il mio libro, appena andati a letto, se, in cambio di addormentarsi alla prima pagina, impararono l'arte, lo devono al caffè. Ma, a proposito di notti insonni, ci sarebbe a riflettere ben altro. Se io possedessi la millesima parte del genio statistico di alcuni nostri grandi filosofi, per esempio di un Adriano Balbi, vorrei studiare e sciogliere un sommo problema. Verificare di quanti milioni d'anime (e di corpi) siasi aumentata la popolazione del globo dall'epoca della diffusione del caffè: e poi calcolare, almeno in via approssimativa, quanta parte di tale aumento sia da accreditarsi al caffè. Dopo le quali osservazioni non vi meraviglierete più se le più potenti e incivilite nazioni che ammettono il principio della libertà, almeno astrattamente, in casa propria, dopo molte ciarle chiamate protocolli chiudano ancora un occhio tolerante su quel nefando mercato, ossia macello di carne umana conosciuto sotto al nome di tratta dei negri. Capperi! sono coloro che, per compensazione, ci mantengono il caffè, e per giunta anche lo zucchero da raddolcirlo.

Mio caro Giorgio, ora che non resta più nulla a fare pei piaceri della gola, vi sono però ancora diverse convenienze reciproche da osservare. Noi convitati dobbiamo restar qui almeno almeno una buona mezz'ora, tanto che non s'abbia a credere che siamo venuti solo per mangiare. Dopo, chi avesse occupazioni d'urgenza, o fosse sovranamente annoiato della compagnia (si parla in genere, non che qui sia il caso), dice una parola gentile alla signora di casa, e dà una stretta di mano a te, e cheto cheto scompare senza seccarsi in complimenti con una comitiva verbosa e chiassosa. Ma siamo anche in di-ritto di restar qui tutta sera: e a voi di casa incombono ancora tutti i doveri della più vigile e cordiale ospitalità. Brevemente, noi non siamo più in vostra balìa, ma voi continuate ad essere ai nostri commandi. Perciò non dubito che, qualora gli amici non intendano di far sole ciarle in circolo al cammino, tu sarai provisto dello scacchiere, del tarocco, e anche delle carte da tresette: perchè, a cagion d'esempio, il signor Onofrio colla sua chimica da cavamacchie e la scienza delle rivoluzioni atmosferiche, ha l'aria di saper giocare appena la bazzica o il trentuno a un soldo la partita. Raccomanda poi alle tue donne che, se necessitano loro alcune assenze, queste siano brevi e rare: che infine non si mostrino seriamente occupate che di noi, per non renderci accorti che faremmo loro una grazia particolare ad andar via. Capisco bene che in un dopo pranzo di questa entità devono avere pensieri e cuore in cucina; dove ha da essere una babele e uno sciupío da non dirsi, con tante stoviglie accatastate, con quella portinaja e quel servitore del primo piano venuti ad ajutare e far bottino: oltre a regalarli, faranno man bassa sui bocconi migliori: e che svotamento di bottiglie! e quanta roba romperanno! Ma, dal più al meno, sono accidenti inevitabili: e non calcolate la gloria d'una giornata campale? È una bella cosa a non riportarne rotto anche il capo.

Quando poi ci risolveremo a levarvi l'incomodo, avverti, Giorgio, di non aspettarti tanti ringraziamenti, se pure gli amici tuoi sono gente di garbo; giacchè sono usi gretti e da sbandirsi. Difatti, perchè ringraziare, e di che? Il mondo, sotto al nostro punto di vista, non può dividersi che in due classi, quasi a simiglianza dei sessi: invitanti e invitati: senza i secondi non ci potrebbero essere i primi: gli uni dunque sono egualmente necessarii agli altri, come boja e condannato per una buona e regolare impiccatura. Se avete scelto noi, è perchè ci credeste i più degni, o perchè i più degni di noi non si degnano di voi. Insomma, non c'è obbligazione residua da nessuna parte, e il conto è pareggiato. Tutt'al più, una parola disinvolta, a mezza bocca, reciproca, e basta, basta! Le mille scuse per tanti disturbi, e i mille ringraziamenti per tanti favori sono modi di una abominevole rancidezza e volgarità. Così almeno la pensano quelli della più numerosa fra le due classi: e io che le appartenni, trovo che pensano benissimo: e le opinioni della maggioranza a giuoco lungo trionfano sempre. Un giorno entro in casa d'un amico nel momento che si accomiatava da lui un tale che, tutto rosso di vergogna, fingea schermirsi da un invito a pranzo: ma poi, a istanze replicate, rispose «Dunque verrò a godere i di lei favori.» Appena fu andato, io dimandai: «Chi è quell'asino lì? Come hai fatto a conoscerlo? alla ciera? — Oibò per queste scoperte vale assai più l'udito che la vista; perchè le fisonomie molte volte ingannano, ma è ben difficile che ingannino le parole, quando si tratti di essere sciocco. L'ho giudicato a quella frasaccia umile e ributtante di venire a godere i favori. Se fossi orbo, ti avrei dimandato se era uno zoccolante.»

Ma in compenso dei ringraziamenti fuori d'uso sai cosa faranno i tuoi commensali, almeno quelli che non sono abituali frequentatori della casa? verranno a farti una visita nel corso della settimana: e questa è di prammatica, e si chiama con termine tecnico la visita del chilo. Serve a dimostrare che si ricordano dei buoni amici, e incidentemente può anche servire come anello di concatenazione tra un invito e l'altro, dove l'invitare è frequente. E così di pranzo in chilo e di chilo in pranzo, moltissimi raggiungono quelle periodicità ebdomadarie o poco meno, che, distribuite sopra quattro o cinque case, salvano un galantuomo dall'osteria o dall'ordinario di famiglia per una grassa metà dell'anno. Il mondo in queste cosuccie non manca di una certa filosofia.

M'imagino che adesso i miei buoni lettori s'aspettino la morale dell'opera: ma v'è bisogno di darla? non è sparsa abbastanza per ogni pagina? se non ve ne siete avveduti, è segno che io sono un autore dei più sublimi e difficili a capirsi: e quasi me ne persuado per le interpretazioni incredibili alle quali vo soggetto. Comunque sia la cosa, mi proverò a concentrare tanta dottrina in una succosissima quintessenza. I conviti stanno fra le migliori costumanze del consorzio civile: sono un piacere innocente e fatto per tutte le età: avviano e rassodano le amicizie; moltiplicano le conoscenze simpatiche o vantaggiose: giovano a perfezionare l'educazione pel contatto promiscuo e spontaneo della gentilezza, dell'ingegno, dei modi squisiti; tendono a diminuire le disuguaglianze fittizie dei varii ceti, avvicinandoli nell'allegro e cordiale soddisfacimento d'un comune bisogno: ciò che difficilmente si ottiene col freddo e misurato conversare a bocca asciutta. Se mi dimandaste dove si potrebbero scrivere senza impostura le parole libertà, eguaglianza, fraternità, risponderei: sulle pareti d'una sala da pranzo. Il mondo dà praticamente ai conviti il valore che non sanno attribuir loro i libri sentimentali: giacchè gli avvenimenti ricordevoli di famiglia, i contratti importanti, le lauree, le promozioni di carica, gli sponsali, tutto quanto v'ha di felice o di creduto tale, si festeggia con un buon desinare.

Lessi, son già molti anni, la Corinna della Stäel, che mi lasciò una gradevole reminiscenza perchè è un'opera riboccante di fina estetica e di affetto soave e delicato, ciò che era da attendersi da una donna tutto ingegno e cuore. Ma giunto alla fine, la mia critica principale fu questa: Com'è possibile compiere un romanzo in quattro tomi senza mai mettere a tavola i suoi personaggi, e senza una sola parola di cibo o di bevanda? È un'omissione così ostinata e contro natura, che bisogna averla fatta a studio, e forse superando gravi difficoltà. E per me che sono debolissimo nei criterii di giudicare il bello, basta tale idea a mettermi in grande sospetto che questo libro con tutto il suo merito mi offra fisonomie e pose e tinte piuttosto artifiziose e convenzionali che vere. Se ci fosse natura, come farebbe a dimenticare sempre l'ora del pranzo? Non v'è nè poema nè romanzo dall'Iliade ai Promessi Sposi dove non si mangi e non si beva: e questa sentimentalissima Corinna non ci diede mai nemmeno un sorbetto o un bicchiere di limonata. Che il cuore di madama Stäel sia stato così grande da invadere tutto il posto del ventricolo e ridurlo a zero? A ogni modo, doveva ammettere quest'organo negli altri, e rispettarlo.... Ma, oimè! è questa la succosissima quintessenza morale dell'opera? torniamo subito a casa.

Nel popolo i pranzi sono spesso guastati dal troppo. Troppi cibi, troppi vini, troppa gente, troppe insistenze di cordialità. E quando al troppo si contrappone un qualche poco, poco locale, poche suppellettili, poche persone di servizio, poca previdenza, ecc., il convito decorre impacciato, fecondo di molestie, con pericoli d'inconvenienti, e si è sempre sull'orlo del ridicolo perchè tutto sente la straordinarietà e lo sforzo. Gli eccessi impediscono poi l'onesto desiderio della reciprocanza: e finiscono talora a render difficile l'accettare. Tizio e Sempronio sarebbero pur beati di radunar qualche volta in casa propria mezza dozzina d'amici; ma nol fanno per non poter mettersi al livello di chi li ha soffocati di superfluità. Facciamo dunque i nostri pranzetti moderati, tranquilli, in piccola e scelta brigata: chè il vero e supremo piacere di siffatte radunanze sta nella buona e simpatica società: e in questo modo si potrebbe anche goderne più frequentemente, giacchè i conviti grossi portano la natural conseguenza di rendere più raro il convitare.

Tra i grandi signori, in quanto v'intervenga l'elemento popolare, i pranzi possono esser guastati dall'etichetta. Non dico di tutti: che anzi la maggior parte in questo ha odorato il secolo, e vi si è identificata di buon grado ed è completamente gentile e alla mano. Ma v'è ancora una casta di semidei (se pure non s'è cambiata nel decennio da che io sono morto al mondo brillante), i quali aprono bensì le loro sale ad alcuni del popolo, ma anche avendoli vicini sanno tenerli a rispettosa distanza, stabilita a forza di piccole distinzioni gerarchiche, di modi aulici e diplomatici, e perfino di gentilezze fatte in maniera da lasciar sottintendere il «ricordatevi quanto noi siamo dappiù di voi». No, no: con persone di buon senso e di carattere siffatte cose non vanno alla lunga: o dentro o fuori; o eguaglianza e cordialità sincera e assoluta, dacchè vi piace onorarci, o affatto alla larga; chè ci basta davvero quella diplomazia che non possiamo evitare. Che in ricambio d'un pranzo elegante noi v'ajutiamo a gabbare la noja per alcune ore, è un negozio equo: ma obligarci a fare esercizio d'umiltà cristiana, è troppa usura.

Chi visse al cibo casalingo avvezzo,

Stimol non sente di sì bassa fame

Che paghi un illustrissimo tegame

Sì caro prezzo.

(Giusti)

Solamente il fastidio di doverci andare in abito o giubba e guanti bianchi, come per festa da ballo, è un affar serio. Quella foggia di vestire dovrebbe essere affatto abolita a luce di sole, e riservarsi per quella delle candele. Noi gente alla buona, specialmente se siamo molto grassi, facciamo pur la ridicola figura da scimiotti con quella marsinetta in dosso: e anche quei guanti per chi non c'è avvezzo sono antipatici in grado supremo: fanno andare intorno con le dita distese e allargate, e pare che minaccino alle mani un colpo di apoplessia. Io vi confesso che nelle straordinarie e fortunatamente rarissime circostanze che impongono i guanti mi sento un uomo tutto occupato e imbarazzato delle mie mani: non ardisco neppure di metterle nelle saccocce, secondo il mio solito, giacchè mi pare che i bei guanti sieno fatti appunto per essere mostrati a tutti, almeno quelle poche volte che si può farsi onore.

La gente poi che ci vede per le strade in quella foggia inusitata e di pieno giorno, indovina subito di che spedizione si tratta, e sogghigna. Difatti, una delle due: o si va a portare il baldacchino in chiesa, o si va a un pranzo eroico. Per la prima ipotesi, oltre all'essere caso raro, non vi crederanno alla ciera, tanto più adesso che abbiamo quasi tutti i baffi; giacchè ci vogliono fisonomie speciali, e perfino speciali barbe per portabaldacchini. Dunque si fa capire a tutto il mondo che si va a rendere omaggio a un cuoco famoso.

E qui finisco: per quante altre cose belle e buone rimanessero a dirsi sull'argomento dei conviti (che, se non temessi di farmi lapidare, sarei capace di proporvi un terzo volumetto di aggiunte importantissime), non voglio più oltre abusare della sofferenza de' miei cari lettori, e neppure della mia. Giacchè, almeno al momento di separarci, Dio sa per fino a quando, mi sarà permesso un atto di confidenza e sincerità, confessando che, se mai siete annojati e stracchi di questa tiritera, lo sono moltissimo anch'io, e non me la posso più vedere davanti agli occhi. Però, se tra uno sbadiglio e l'altro foste anche riesciti qua e colà a ridere, appena un poco, col mio libro in mano: e se, per colmo di mia fortuna, qualche consiglio vi fosse sembrato adottabile per le vostre mense; vi prego a ricordarvi di me in occasione del primo convito, e a indirizzarmi anche da lontano un brindisi breve, cordiale, alla buona; non in poesia, per carità!

FINE